Kleine Erzähler-Bibliothek

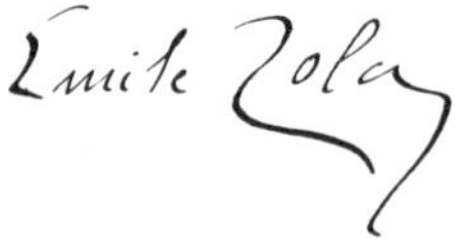
Emile Zola

Émile Zola

Für eine Liebesnacht

Erzählungen

Martus Verlag München

Aus dem Französischen
von Ursula Rossbach

Gesetzt aus der Bembo Antiqua
Satz, Druck, Binden: Kösel Kempten
Printed in Germany
ISBN 3-928606-24-7

Inhalt

Naïs Micoulin

I

Im Herbst erschien regelmäßig einmal im Monat ein kleines, braungebranntes Mädchen mit zerzaustem schwarzem Haar bei Monsieur Rostand, einem Anwalt aus Aix. An ihrem Arm trug sie einen riesigen Korb voll Aprikosen und Pfirsichen, den sie kaum tragen konnte. Sie wartete unten in der Diele bis die Familie herunterkam.

»Ah, du bist es, Naïs«, sagte der Anwalt. »Du bringst uns deine Ernte. Du bist wirklich ein braves Mädchen... Und Vater Micoulin, wie geht es ihm?«

»Gut, Monsieur«, antwortete die Kleine und zeigte dabei ihre weißen Zähne.

Dann ging Madame Rostand mit ihr in die Küche und erkundigte sich nach der Oliven-, Mandel- und Weinernte. Insbesondere danach, ob es in L'Estaque geregnet hatte, jenem Küstenstreifen, an dem die Familie Rostand ihren Besitz La Blancarde hatte, der von den Micoulins verwaltet wurde. Zwar gab es dort nur ein paar Dutzend Mandel- und Olivenbäume, dennoch war die Frage nach dem Regen in diesem unter Trockenheit leidenden Lande nicht unwichtig.

»Es sind ein paar Tropfen gefallen«, sagte Naïs. »Der Wein hätte Wasser nötig.«

Dann, nachdem sie alle Neuigkeiten berichtet hatte, aß sie ein Stück Brot und etwas Fleisch und kehrte im Wagen eines Metzgers, der alle zwei Wochen vorbei kam, nach Hause zurück. Oft brachte sie auch Muscheln, Langusten oder einen guten Fisch, denn der alte Micoulin war öfter beim Fischen als bei der Arbeit auf dem Feld zu sehen. Kam sie während der Ferien, dann eilte Frédéric, der Sohn des Anwalts, in die Küche, um ihr anzukündigen, daß die Familie in Kürze nach La Blancarde käme und trug ihr auf, Netze und Angeln bereitzustellen. Er duzte sie, denn sie hatten bereits als Kinder miteinander gespielt, während sie ihn seit ihrem zwölften Lebensjahr nur noch respektvoll »Monsieur Frédéric« nannte. Jedesmal, wenn der alte Micoulin hörte, daß sie »du« zum Sohn ihrer Herrschaft sagte, setzte es eine Ohrfeige. Aber das hinderte die beiden Kinder nicht daran, gute Freunde zu sein.

»Und vergiß nicht, die Netze auszubessern«, wiederholte der Gymnasiast.

»Keine Sorge, Monsieur Frédéric«, antwortete Naïs, »Sie können jederzeit kommen.«

Monsieur Rostand war sehr reich. Er hatte in der Rue du Collège die Villa Coiron zu einem Spottpreis erworben. Dieses Herrschaftshaus wurde in den letzten Jahren des siebzehnten Jahrhunderts gebaut und hatte eine Fassade mit zwölf Fenstern und genug Zimmer, um eine ganze Bruderschaft darin unterbringen zu können. Die dreiköpfige Familie machte zusammen mit den zwei alten Dienstboten einen ziemlich verlorenen Eindruck in diesen gewaltigen Zimmerfluchten. Der Anwalt bewohnte nur die erste Etage. Bereits seit zehn Jahren suchte er vergeblich nach einem Mieter für das Erdgeschoß und für den zweiten Stock. Schließlich beschloß er, die Türen zuzusperren und zwei Drittel des Hauses den Spinnen zu überlassen. So hatte die leere und hallende Diele beim geringsten Geräusch das Echo einer Kathedrale. Und in dem gewaltigen Treppenhaus hätte leicht ein modernes kleines Haus Platz gefunden.

Am Tag nach seinem Kauf hatte Monsieur Rostand den großen Empfangssalon durch eine Wand in zwei Teile geteilt, einen Salon von acht mal zwölf Metern, der von sechs Fenstern erhellt wurde. Dann richtete er dort in der einen Hälfte sein Arbeitszimmer ein und in der anderen das seiner Angestellten. Die erste Etage hatte außerdem weitere vier Zimmer, deren kleinstes etwa fünf mal sieben Meter maß. Madame Rostand, Frédéric und die beiden alten Dienstmädchen bewohnten Räume, die so hoch wie Kapellen waren. Um die Bedienung zu erleichtern, hatte sich der Advokat entschlossen, ein ehemaliges Boudoir als Küche einzurichten; denn als man noch die Küche im Erdgeschoß benutzte, kamen die Speisen immer kalt auf den Tisch, nachdem sie zuvor durch das eisig klamme Treppenhaus getragen werden mußten. Und das Schlimmste war, daß diese riesige Wohnung nur auf äußerst spärliche Weise möbliert war. Im Arbeitszimmer stand ein altes grünes Plüschkanapee und acht steifbeinige und traurige Stühle im Empirestil; ein kleines Tischchen aus der gleichen Epoche erschien in der Mitte dieses gewaltigen Raumes wie ein

Spielzeug; auf dem Kamin stand zwischen zwei Vasen eine schauderhafte moderne Marmoruhr, und der rötliche, blankgescheuerte Fußboden schimmerte in hartem Glanz. Die Schlafzimmer waren noch öder. Es herrschte hier jene stille Verachtung für Behaglichkeit und Luxus, wie sie bei allen Familien, auch bei den reichsten, im Süden zu finden ist, in diesem glücklichen Sonnenland, wo sich das Leben meist im Freien abspielt. Die Rostands waren sich ganz gewiß nicht der Melancholie und der traurigen Kälte dieser riesigen Räume bewußt, deren Ödnis nur noch durch die ärmliche Sparsamkeit der Möblierung übertroffen wurde.

Dennoch war der Advokat ein überaus geschickter Mensch. Sein Vater hatte ihm eine der besten Kanzleien von Aix überlassen und er verstand es, seine Klientel mit einer für dieses träge Land seltenen Betriebsamkeit zu vergrößern. Klein, flink, mit einem spitzen Mardergesicht, war er voller Hingabe bei seiner Arbeit. Die Sorge um seinen Wohlstand beherrschte ihn vollkommen; während der äußerst seltenen Stunden des Müßiggangs, die er in seinem Klub totschlug, warf er nicht einmal einen Blick in die Zeitungen. Seine Frau dagegen galt als eine der klügsten und vornehmsten Frauen der Stadt. Sie war eine geborene de Villebonne, was ihr trotz ihrer Mésalliance eine Aura der Würde verlieh. Aber sie legte eine so übertriebene Strenge an den Tag und oblag ihren religiösen Pflichten mit einer derart engherzigen Besessenheit, daß sie über ihrer starren Lebensweise gleichsam vertrocknet war.

Frédéric wiederum wuchs zwischen diesem geschäftigen Vater und dieser strengen Mutter heran. Während seiner Schulzeit war er ein ganz besonderer Faulpelz; zwar zitterte er vor seiner Mutter, aber seine Abneigung vor jeglicher Arbeit war so groß, daß er abends im Salon stundenlang die Nase in seine Bücher stecken konnte, ohne auch nur eine einzige Zeile zu lesen. Dann träumte er vor sich hin, während seine Eltern glaubten, daß er seine Hausaufgaben mache. Verärgert über seine Faulheit, steckten sie ihn schließlich in ein Internat. Da er hier aber noch weniger überwacht wurde als zu Hause, arbeitete er keineswegs mehr, sondern war vielmehr begeistert, fortan keine strengen Blicke mehr auf sich gerichtet zu fühlen. Beunruhigt durch seine allzu freien Allüren, holte man ihn schließlich wieder nach Hause unter die Fuchtel der Familie. Er beendete das Schuljahr unter so strenger Aufsicht, daß er um das Arbeiten nicht mehr herum kam: seine Mutter sah seine Hefte durch, zwang ihn, seine Lektionen zu lernen und war wie ein Gendarm ständig hinter ihm her. Dank dieser Überwachung fiel Frédéric nur zweimal durchs Abitur.

Aix besitzt eine berühmte juristische Hochschule, wo sich der Sohn Rostand natürlich einschreiben ließ. In dieser altehrwürdigen parlamentarischen Stadt scharen sich Advokaten, Notare und gelehrte Juristen nicht nur um das Gericht herum. Man absolviert dort auch die Rechtswissenschaft, um anschließend in aller Ruhe seinen Kohl pflanzen zu können. Im übrigen führte dort Frédéric sein früheres Schulleben weiter, arbeitete so wenig wie möglich und versuchte den Anschein intensiven Studierens zu erwecken. Madame Rostand bedauerte sehr, daß sie ihm größere Freiheiten einräumen mußte. Jetzt ging er aus, wann er wollte und war nur gehalten, sich rechtzeitig zu den Mahlzeiten einzufinden. Abends mußte er um neun Uhr zu Hause sein, ausgenommen die Tage, an denen man ihm erlaubte, ins Theater zu gehen. So begann für ihn jenes Studentenleben in der Provinz, welches so eintönig aber auch so verführerisch sein kann, wenn man es nicht ganz mit Arbeit füllt.

Man muß Aix kennen, die Stille seiner Straßen, in denen das Gras wächst, die Schläfrigkeit, die über der ganzen Stadt liegt, um das öde Dasein zu verstehen, von dem das Leben der Studenten dort bestimmt wird. Jene, die arbeiten, können die Stunden über ihren Büchern totschlagen. Aber jenen, die nicht bereit sind, ihren Studien ernsthaft nachzugehen, bleiben nur die Cafés, in denen gespielt wird und gewisse Häuser, in denen man es noch schlimmer treibt. So wurde der junge Mann ein leidenschaftlicher Spieler; den größten Teil des Abends verbrachte er beim Spiel und den Rest anderswo. Die Sinnlichkeit eines gerade der Schule entkommenen Bengels, trieb ihn den einzigen Ausschweifungen in die Arme, die eine Stadt zu bieten hatte, in der jene heiratswilligen Töchter fehlen, die das Pariser Quartier Latin bevölkern. Bald reichten ihm die Abende nicht mehr aus; er stahl einen Hausschlüssel, um auch die Nächte zur Verfügung zu haben. So vertrieb er sich glücklich seine Studienjahre.

Im übrigen hatte Frédéric begriffen, daß er als fügsamer Sohn aufzutreten hatte. Die ganze Scheinheiligkeit eines von Angst niedergehaltenen Kindes wurde ihm zur zweiten Natur. Seine Mutter war jetzt mit ihm zufrieden: er begleitete sie zur Messe, bewahrte korrekte Haltung und erzählte ihr seelenruhig die unglaublichsten Lügen, die sie seinem treuherzigen Gesicht einfach glauben mußte. Und er gewann darin eine solche Fertigkeit, daß er sich niemals ertappen ließ; immer fand er eine Entschuldigung, und er dachte sich oft schon im voraus ganz außergewöhnliche Geschichten aus, um jederzeit mit Ausflüchten bei der Hand zu sein. Seine Spielschulden bezahlte er mit Geld, das er von seinem Vetter geliehen hatte. Er führte darüber eine komplizierte Buchhaltung. Einmal, nach einem unverhofften Spielgewinn, erfüllte er sich sogar seinen Traum, eine Woche in Paris zu verbringen; er ließ sich dazu von einem Freund einladen, der ein Gut an der Durance besaß.

Frédéric war jetzt ein hübscher junger Mann geworden, groß, mit ebenmäßigen Gesichtszügen und einem dichten schwarzen Bart. Seine Lasterhaftigkeit machte ihn, vor allem bei Frauen, überaus anziehend. Man lobte seine guten Manieren. Diejenigen, die seine Scheinheiligkeit kannten, lächelten darüber; da er aber so geschickt war, diese anstößige Seite seines Lebens zu verbergen, mußte man ihm sogar noch dankbar dafür sein, daß er seine Ausschweifungen nicht öffentlich zur Schau stellte, wie es gewisse angeberische Studenten zur Empörung der Stadt zu tun pflegten.

Frédéric war einundzwanzig Jahre alt geworden. Bald würde er seine letzten Abschlußprüfungen machen. Sein Vater war noch jung und keineswegs geneigt, ihm sofort die Kanzlei zu übergeben, sondern sprach davon, ihn bei der Staatsanwaltschaft unterzubringen. Er hatte Freunde in Paris, die er veranlassen wollte, eine Ernennung zum Assessor zu betreiben. Der junge Mann sagte nicht nein; niemals leistete er seinen Eltern offenen Widerstand; aber er zeigte ein feines Lächeln, hinter dem die feste Absicht stand, das sorglose Nichtstun, das ihm so sehr behagte, weiterzuleben. Er wußte um den Reichtum seines Vaters, und er war der einzige Sohn. Warum also hätte er die geringste Mühe auf sich nehmen sollen? Einstweilen rauchte er Zigarren im Gerichtshof, machte Ausflüge zu den umliegenden Amüsierbetrieben und besuchte täglich in aller Heimlichkeit gewisse Häuser, was ihn aber keineswegs hinderte, seiner Mutter zur Verfügung zu stehen und sie mit Aufmerksamkeiten zu überhäufen. Wenn ihm einmal eine besonders tolle Nacht übel mitgespielt hatte, kehrte er gerne in das große, kühle Haus in der Rue du Collège zurück, um sich in aller Behaglichkeit auszuruhen. Die leeren Räume, die eintönige Langeweile, die sich von den Decken gleichsam herabsenkte, vermittelten ihm eine beruhigende Frische. Dort erholte er sich und ließ seine Mutter in dem Glauben, er sei nur ihretwegen gekommen. Wenn dann Gesundheit und Appetit wiederhergestellt waren, heckte er neue Streiche aus. Kurzum, er war der beste Junge der Welt, solange man nicht an seinen Vergnügungen rührte.

Unterdessen kam Naïs jedes Jahr mit ihren Früchten und Fischen zur Familie Rostand, und jedes Jahr wurde sie erwachsener. Sie war im gleichen Alter wie Frédéric, nur etwa drei Monate älter. Madame Rostand sagte jedesmal zu ihr: »Was für ein großes Mädchen du schon bist, Naïs!«

Und Naïs lächelte und zeigte ihre weißen Zähne. Meist war Frédéric nicht da. Aber eines Tages, es war im letzten Jahr seines Studiums, wollte er gerade ausgehen, als er Naïs unten im Flur mit ihrem Korb warten sah. Starr vor Erstaunen blieb er stehen. Das lange, dünne und schüchterne Mädchen, das er in der vorigen Saison in La Blancarde gesehen hatte, erkannte er nicht wieder. Naïs war bildhübsch geworden, mit ihrem braunen Gesicht unter dem dunklen Schopf ihrer dichten schwarzen Haare; sie hatte kräftige Schultern, runde Hüften und ein paar prächtige Arme, die bis zum Ellbogen entblößt waren. In einem Jahr war sie erblüht wie ein junger Baum.

»Du bist das!« sagte er mit stockender Stimme.

»Aber ja, Monsieur Frédéric«, antwortete sie und sah ihm mit ihren großen Augen, in denen ein dunkles Feuer brannte, gerade ins Gesicht. »Ich bringe Seeigel... Wann kommen Sie zu uns? Soll man schon die Netze herrichten?«

Er betrachtete sie noch immer und murmelte, als

hätte er sie nicht gehört: »Wie schön du bist, Naïs!... Was bringst du denn?«

Sie lachte über das Kompliment. Als er dann aber ihre Hände ergriff, als wolle er mit ihr zum Spielen gehen wie früher, da wurde sie ernst, duzte ihn plötzlich wieder und sagte mit ihrer etwas rauhen Stimme ganz leise: »Nein, nein, nicht hier... Paß auf! Deine Mutter kommt.«

2

Vierzehn Tage später reiste die Familie Rostand nach La Blancarde. Der Anwalt hatte noch die Gerichtsferien abgewartet und jetzt im September war die Küste von ganz besonderem Reiz. Die Hitze war gebrochen und die Nächte wurden angenehm frisch.

Das Gut lag nicht direkt in L'Estaque, sondern es war ein Flecken in der äußersten Bannmeile von Marseille, ganz am Ende der Felsenbucht gelegen, die den Golf abschließt. La Blancarde erhob sich oberhalb des Dorfes auf einer Steilküste; seine gelbe Fassade, inmitten einer Gruppe großer Pinien, war von jeder Stelle der Bucht aus zu sehen. Es war eines dieser mächtigen viereckigen Gebäude mit unregelmäßigen Fenstern, die man in der Provence als »châteaux« bezeichnet. Vor dem Haus gab es eine breite Terrasse, die am Ende steil zu einem schmalen Kieselstrand abfiel. Hinter dem Haus erstreckte sich ein großes Grundstück mit magerem Boden, auf dem mit Mühe ein paar Weinstöcke, sowie Mandel- und Olivenbäume gehalten wurden. Aber das eigentlich unangenehme, ja geradezu gefährliche an La Blancarde war, daß das Meer an der Steilküste nagte und das Wasser der umliegenden Quellen diese Masse aus Lehm und Fels zusätzlich aufweichte und unterspülte. So kam es immer wieder vor, daß sich gewaltige Felsblöcke lösten und mit fürchterlichem Krach ins Meer stürzten. So verlor der ganze Besitz nach und nach an Grund und Boden. Ein paar Pinien waren bereits versunken.

Seit vierzig Jahren waren die Micoulins Verwalter von La Blancarde. Nach provenzalischem Brauch bestellten sie das Land und teilten die Ernte mit dem Eigentümer. Die Ernten waren jedoch so mager, daß sie Hungers gestorben wären, wenn sie im Sommer nicht ein bißchen hätten fischen können. Zwischen Pflügen und Säen warfen sie noch schnell ihre Netze aus. Die Familie bestand aus dem Vater Micoulin, einem harten alten Mann mit dunklem, zerfurchtem Gesicht, vor dem das ganze Haus zitterte; aus der Mutter Micoulin, einer großen Frau, die durch die Landarbeit in der glühenden Hitze stumpf geworden war; aus einem Sohn, der gerade auf der »Arrogante« diente und aus Naïs, die der Vater zur Arbeit in eine Ziegelfabrik schickte, obwohl es zu Hause eigentlich genug zu tun gab. Aus der Verwalterwohnung, einem baufälligen Häuschen, das gleichsam an eine Seite von La Blancarde geklebt war, drang nur selten ein fröhliches Lachen oder ein Lied. Micoulin bewahrte das

Schweigen eines alten Eigenbrötlers, der über seinen Erfahrungen brütet. Die beiden Frauen behandelten ihn mit jenem angstvollen Respekt, den Töchter und Ehefrauen im Süden dem Familienoberhaupt zollen. Und nur selten wurde dieser Friede durch das Geschrei der Mutter gestört, die, sobald ihre Tocher einmal verschwunden war, die Fäuste in die Hüften stemmte und Naïs' Namen in alle vier Himmelsrichtungen hinausbrüllte, daß ihr die Kehle zu platzen drohte. Naïs konnte es einen Kilometer weit hören und kehrte dann zurück, bleich vor verhaltenem Zorn.

Sie war keineswegs glücklich, die schöne Naïs, wie man sie in L'Estaque nannte. Als sie bereits sechzehn war, schlug ihr Micoulin noch immer für jedes Widerwort so heftig ins Gesicht, daß ihr das Blut aus der Nase schoß; und auch jetzt noch, trotz ihrer über zwanzig Jahre, zeugten ihre über Wochen blau gefleckten Schultern von der väterlichen Strenge. Dabei war er keineswegs bösartig, er machte lediglich streng von seinem königlichen Recht Gebrauch, unbedingten Gehorsam zu fordern und nach überkommener lateinischer Autorität über Leben und Tod der Seinen zu entscheiden. Als Naïs eines Tages wagte, die Hand zu erheben, um eine rasende Tracht Prügel abzuwehren, da hätte er sie fast getötet. Nach solchen Züchtigungen zitterte das junge Mädchen vor Wut. Sie kauerte sich dann in einem stillen Winkel auf den Boden und würgte dort mit trockenen Augen ihre Schmach hinunter. Eine dumpfe Wut machte sie in diesen Stunden stumm und sie hing Racheplänen nach, die sie nie würde ausführen können. Es war das Blut ihres Vaters, das in ihr tobte, ein blinder Jähzorn, das rasende Verlangen, die Stärkere zu sein. Wenn sie sah, wie sich ihre Mutter zitternd und unterwürfig vor Micoulin duckte, dann blickte sie voller Verachtung auf sie herab. Oft sagte sie: »Hätte ich einen Mann wie diesen, ich würde ihn töten.«

Dabei waren Naïs die Tage, an denen sie Prügel bezog im Grunde lieber, denn sie rüttelten sie wenigstens auf. Ansonsten führte sie nämlich ein so enges, abgeschlossenes Dasein, daß sie vor Langeweile zu sterben glaubte. Ihr Vater untersagte ihr, ins Dorf hinunter zu gehen und hielt sie im Haus ständig beschäftigt; und selbst dann, wenn es nichts zu tun gab, wollte er, daß sie unter seinen Augen blieb. So erwartete sie ungeduldig den September; denn sobald die Herrschaften in La Blancarde einzogen, ließ Micoulins Wachsamkeit nach. Naïs, die für Madame Rostand Besorgungen zu machen hatte, entschädigte sich dann für die Gefangenschaft des ganzen Jahres.

Eines Tages kam der alte Micoulin auf den Gedanken, daß ihm dieses große Mädchen dreißig Sous täglich einbringen könnte. Also erklärte er sie sozusagen für volljährig und schickte sie zur Arbeit in eine Ziegelei. Es war eine harte Arbeit, aber Naïs freute sich sehr darüber. Sie brach früh am Morgen auf, ging auf die andere Seite von L'Estaque hinüber und drehte den ganzen Tag in der prallen Sonne Ziegel zum Trocknen um. Ihre Hände wurden wund bei dieser Fronarbeit, aber sie fühlte nicht mehr ständig ihren Vater hinter sich und lachte ungehindert mit den jungen Burschen. Und hier, bei dieser harten Arbeit, blühte sie auf und wurde zu einem hübschen Mädchen. Die glühende Sonne machte ihre Haut goldfarben und legte ihr einen breiten Bernsteinkragen um den Hals; ihre schwarzen Haare wuchsen so üppig, als wollten sie ihr mit den wehenden Strähnen Schutz bieten; die tägliche Bewegung bei ihrer Arbeit verlieh ihrem Körper die geschmeidige Kraft einer jungen Kriegerin. Wenn sie sich auf der festgestampften Erde, inmitten ihrer roten Ziegel erhob, glich sie einer antiken Amazone, einer gewaltigen Figur aus Terracotta, die durch einen plötzlichen Flammenregen aus dem Himmel belebt wurde. Auch Micoulin sah, wie sie aufblühte und beobachtete sie aus seinen kleinen Augen. Sie lachte ihm zuviel; daß ein Mädchen so fröhlich war, schien ihm nicht ganz geheuer, und er schwor sich, jeden Liebhaber zu erwürgen, den er jemals hinter ihren Röcken entdecken sollte.

Verehrer hatte Naïs Dutzende, aber keinem gab sie eine Chance. Sie machte sich über alle Burschen lustig. Ihr einziger guter Freund war ein Buckliger, der in der gleichen Ziegelei beschäftigt war; ein kleiner Mann namens Toine, den das Findelhaus in Aix nach L'Estaque abgeschoben hatte und der hier von der Gemeinde adoptiert worden war. Er hatte ein hübsches Lachen, dieser Bucklige mit dem Gesicht eines Hampelmanns. Naïs mochte ihn wegen seiner Sanftheit. Sie machte mit ihm was sie wollte und sprang oft äußerst lieblos mit ihm um, besonders wenn sie sich wegen irgendeiner Grobheit ihres Vaters an jemandem rächen mußte. Aber das hatte nichts weiter auf sich. Im Dorf lachte man über Toine. Micoulin sagte: »Ich erlaube ihr den Buckligen, ich kenne sie, sie ist viel zu stolz!«

Als Madame Rostand in diesem Jahr einzog, bat sie den Verwalter, ihr Naïs zu überlassen, weil eines ihrer Dienstmädchen erkrankt war. Zufällig gab es in dieser Zeit gerade keine Arbeit in der Ziegelei. Und so unerbittlich im übrigen Micoulin zu den Seinen war, so diplomatisch ging er mit den Herrschaften um; er hätte dieses Ansinnen nie ausgeschlagen, selbst wenn es ihm gegen den Strich gegangen wäre. Monsieur Rostand hatte sich in wichtigen Geschäften nach Paris begeben müssen, und Frédéric war mit seiner Mutter allein auf dem Lande. In den ersten Tagen entwickelte der junge Mann, wie gewöhnlich, einen großen Drang, sich Bewegung zu verschaffen. Geradezu berauscht von der frischen Meeresluft, warf er zusammen mit Micoulin die Netze aus oder holte sie herein und machte lange Spaziergänge bis in die tiefen Schluchten von L'Estaque. Dann beruhigte sich dieser schöne Eifer und er lag tagelang unter den Pinien, die die Terrasse säumten und blickte im Halbschlaf auf das Meer, dessen eintöniges Blau ihn bald zu Tode langweilte. Nach vierzehn Tagen ging ihm der Aufenthalt in La Blancarde regelmäßig auf die Nerven. Und so fand er jeden Morgen einen neuen Vorwand, um nach Marseille ausreißen zu können.

Eines Morgens, bei Sonnenaufgang, rief Micoulin nach Frédéric unter dessen Fenster. Die langen Fangkörbe mit den schmalen Öffnungen, in denen sich die Fische verfangen, mußten aus dem Meer gezogen werden. Aber der junge Mann stellte sich taub. Der Fischfang schien ihn nicht mehr zu reizen. Er machte es sich jetzt lieber unter den Pinien bequem, streckte sich der Länge nach aus und blickte traumverloren in den Himmel. Seine Mutter war sehr überrascht, daß er keinen der großen Ausflüge mehr machen wollte, von denen er immer so hungrig zurückkehrte.

»Gehst du nicht aus?« fragte sie.

»Nein, Mama«, antwortete er. »Solange Papa nicht zurück ist, bleibe ich bei Ihnen.«

Der Verwalter, der diese Antwort hörte, murmelte in seinem Dialekt: »Der Herr Frédéric wird sich also gleich nach Marseille verdrücken.«

Frédéric fuhr aber nicht nach Marseille. Die Woche verging, und er lag noch immer auf der Terrasse und wechselte nur den Platz, um der Sonne auszuweichen. Um den Schein zu wahren, hatte er sich ein Buch genommen, aber er las nicht; meist lag das Buch auf dem Boden zwischen den dürren Piniennadeln. Der junge Mann hatte nicht einmal mehr einen Blick fürs Meer. Er sah zum Haus hinüber und schien sich eher für das Treiben dort zu interessieren, vor allem für das Kommen und Gehen der Dienstmädchen, die ständig die Terrasse überqueren mußten. Und wenn Naïs vorüberging, zuckten in seinen sinnlichen Herrschaftsaugen kleine

Blitze auf; Naïs verlangsamte dann ihre Schritte und ging mit einem rhythmischen Wiegen der Hüften vorüber, ohne jemals einen Blick auf ihn zu werfen.

Dieses Spiel dauerte mehrere Tage. Vor seiner Mutter behandelte Frédéric Naïs geradezu hart, wie einen ungeschickten Dienstboten. Das gescholtene Mädchen senkte dann die Augen mit einer gewissen Hinterhältigkeit, so als genieße es diese Kränkungen geradezu.

Eines Morgens, während des Frühstücks, zerbrach Naïs eine Salatschüssel. Frédéric fuhr auf.

»Sie ist unmöglich!« schrie er, »wo hat sie nur ihren Kopf!«

Und er sprang wütend auf und behauptete, seine Hose sei ruiniert. Ein kleiner Öltropfen war ihm aufs Knie gespritzt, und er machte davon viel Aufhebens.

»Glotz mich nicht so an, bring lieber eine Serviette und Wasser; hilf mir wenigstens!«

Naïs tauchte den Zipfel einer Serviette in ein Wasserglas und kniete vor Frédéric nieder, um den Fleck wegzureiben.

»Laß das«, meinte Madame Rostand, »das hilft jetzt auch nichts mehr.«

Aber das junge Mädchen ließ das Bein ihres Herrn nicht los und fuhr fort, mit der ganzen Kraft ihrer schönen Arme zu reiben, während er weiterhin vor sich hin schimpfte.

»So etwas von Ungeschicklichkeit hat man noch nie gesehen... Als hätte sie absichtlich die Schüssel direkt neben mir zerbrochen... Gut, daß sie uns nicht in Aix bedient, sonst hätten wir kein Porzellan mehr!«

Seine Vorwürfe waren dem kleinen Mißgeschick so wenig angemessen, daß Madame Rostand glaubte, ihren Sohn beruhigen zu müssen, sobald Naïs fort war.

»Was hast du nur gegen dieses arme Mädchen. Es sieht so aus, als könntest du sie nicht leiden... Ich bitte dich, sei ein bißchen nett zu ihr. Sie ist schließlich deine alte Spielgefährtin und hat hier nicht die Stellung eines einfachen Dienstmädchens.«

»Ach, sie geht mir auf die Nerven!« antwortete Frédéric mit gespielter Grobheit.

Am gleichen Abend, als es dunkel war, begegneten sich Naïs und Frédéric am Ende der Terrasse. Sie hatten bisher noch nicht allein miteinander gesprochen. Man konnte sie vom Haus aus nicht hören. Die Pinien schütteten ihren harzigen Duft in die milde Nacht. Da fragte sie ihn leise mit dem vertrauten Du ihrer Kindheit: »Warum hast du so mit mir geschimpft, Frédéric?... Du bist wirklich böse.«

Ohne zu antworten nahm er sie bei den Händen, zog sie zu sich heran und küßte sie auf den Mund. Sie ließ ihn gewähren und lief dann davon, während er sich auf das Geländer setzte, um nicht in seiner aufgewühlten Verfassung vor seiner Mutter erscheinen zu müssen. Zehn Minuten später bediente Naïs mit ihrer üblichen stolzen Ruhe bei Tisch.

Frédéric und Naïs verabredeten sich nicht, aber eines Nachts fanden sie sich unter einem Olivenbaum am Rande der Klippe. Während des Abendessens begegneten sich ihre Blicke mehrmals mit glühender Starrheit. Die Nacht war sehr warm; Frédéric stand bis ein Uhr an seinem Fenster, rauchte und blickte in die Dunkelheit hinaus. Da gewahrte er eine undeutliche Gestalt, die über die Terrasse schlich. Er zögerte keine Sekunde, stieg herunter auf das Dach eines Schuppens und sprang von dort auf den Boden, wobei er zwei lange Stangen zu Hilfe nahm, die dort in einer Ecke standen; so mußte er nicht fürchten, seine Mutter zu wecken. Unten angekommen, ging er geradewegs auf einen alten Olivenbaum zu. Er wußte, daß ihn Naïs dort erwartete.

»Bist du es?« fragte er leise.

»Ja«, sagte sie einfach.

Er setzte sich neben sie auf den Boden und faßte sie um die Taille, während sie den Kopf an seine Schulter lehnte. Eine Weile sprachen sie kein Wort. Der alte, knorrige Olivenbaum deckte sie mit seinem grauen Blätterdach. Vor ihnen lag das Meer schwarz und unbeweglich unter den Sternen. Marseille, am Ende des Golfes, war in Nebel gehüllt, nur zur Linken blitzte der Leuchtturm von Planier alle paar Minuten einen gelben Lichtstrahl durch die Dunkelheit, der sogleich wieder erlosch; und nichts konnte sanfter und zärtlicher sein als dieses Licht, das unaufhörlich am Horizont verschwand und unaufhörlich wiederkam.

»Ist dein Vater denn nicht zu Hause?« fragte Frédéric.

»Ich bin aus dem Fenster gesprungen«, antwortete sie mit ihrer ernsten Stimme.

Sie sprachen nicht von ihrer Liebe. Diese Liebe kam aus weiter Ferne, aus der Tiefe ihrer Kindheit. Jetzt erinnerten sie sich der Spiele, bei denen die Begierde bereits hinter den Kindereien gelauert hatte. Es schien ihnen ganz natürlich, zu Zärtlichkeiten überzugehen. Sie hätten auch gar nicht gewußt, was sie sich hätten sagen sollen, sie hatten nur noch das Verlangen, einander zu gehören. Er fand sie schön und erregend mit ihrer Sonnenbräune und ihrem Erdgeruch, und sie genoß den Stolz eines gedemütigten Mädchens, die Geliebte des jungen Herrn zu werden. Sie gab sich hin. Als der Tag anbrach, kehrten beide auf dem gleichen Weg, den sie gekommen waren, in ihre Zimmer zurück.

3

Was für ein herrlicher Monat. Es regnete nicht ein einziges Mal. Der immerblaue Himmel strahlte wie Seide, die nicht ein einziges Wölkchen befleckte. Die Sonne ging auf wie in einem rosigen Kristall und versank in einem Staub von Gold. Dennoch war es nicht zu heiß; eine Meeresbrise kam und ging mit der Sonne, und die Nächte waren von einer köstlichen Frische, ganz durchdrungen vom Duft der aromatischen Pflanzen, die, vom Tag erhitzt, im Dunkeln ihren Duft von sich gaben.

Die Landschaft ist wunderschön. Auf beiden Seiten des Golfes ragen zwei Felsarme ins Meer, während die Inseln in der Ferne den Horizont zu versperren scheinen; so liegt das Meer wie ein weites Becken und gleicht bei schönem Wetter einem tiefblauen See. In der Ferne, am Fuß der Berge, breiten sich die Häuser von Marseille über die niedrigen Hügel aus. Bei klarer Sicht kann man von L'Estaque aus den grauen Hafendamm von Joliette und die feinen Striche der Schiffsmasten im Hafen erkennen. Weiter hinten erheben sich inmitten dichter Baumgruppen die Häuser, und die Kapelle Notre-Dame-de-la-Garde ragt von einer Anhöhe aus weiß leuchtend in den Himmel. Von Marseille aus schlängelt sich die Küste mit tiefen Einschnitten bis nach L'Estaque, gesäumt von Fabriken, die bisweilen lange Rauchfahnen in die Luft entlassen. Wenn die Sonne senkrecht herunterbrennt, liegt das Meer fast schwarz und wie eingeschlafen zwischen den beiden Felsvorsprüngen, deren Weiß gleichsam von gelben und braunen Hitzeflecken überzogen wird. Die Pinien werfen dunkelgrüne Schatten auf die rotgebrannte Erde. Es ist ein gewaltiges Bild, ein Hauch von Orient, der in der flimmernden Hitze des Tages vorübergleitet.

Aber die l'Estaque bietet nicht nur diesen Ausblick aufs Meer. Das an die Hügel angelehnte Dorf wird von Wegen durchquert, die sich in einem Chaos zerklüfteter Felsen verlieren. Die Eisenbahn von Marseille nach Lyon führt zwischen gewaltigen Felsblöcken hindurch, überquert Abgründe auf Brücken, taucht plötzlich in die Felsen ein und verschwindet dort für eineinhalb Meilen im Nerthe-Tunnel, dem längsten Frankreichs. Nichts gleicht der wilden Majestät dieser Schluchten, die sich zwischen die Hügel graben, mit ihren schmalen Wegen, die sich tief in den Abgründen winden, mit ihren ausgetrockneten, mit Pinien bestandenen Hängen und mit ihren Felswänden, die in rost- und blutfarbenen Schattierungen steil nach oben streben. Bisweilen erweitert sich der Durchlaß, und ein mageres Olivenfeld füllt den Grund eines kleinen Tales, oder ein einsames Haus mit geschlossenen Fensterläden zeigt seine weißgestrichene Fassade. Dann wieder kommen Pfade voller Dornen und undurchdringlichem Gestrüpp, Geröllhänge und ausgetrocknete Wildbäche, alle Überraschungen einer Wüstenwanderung. Und hoch oben, über den schwarzen Rand der Pinien hinaus, breitet der Himmel ein feines Band aus blauer Seide.

Dann gibt es noch den schmalen Küstenstreifen zwischen den Bergen und dem Meer und die rote Erde, in die die Ziegeleien, die Hauptindustrie der Gegend, große Löcher gegraben haben, um ihren Ton zu gewinnen. Es ist ein aufgerissener, umgewühlter Boden, nur mit einigen kümmerlichen Bäumen bewachsen, als hätte ein Hauch glühender Leidenschaft alle Quellen versiegen lassen. Auf den Wegen meint man in einem Bett aus Gips zu gehen. Man versinkt bis über die Knöchel und beim geringsten Windstoß fliegen große Wolken auf und bepudern die Hecken. Entlang der Mauern, die ihre Hitze einem Ofen gleich ausstrahlen, schlafen kleine graue Eidechsen, während aus der Glut des verbrannten Grases Schwärme von Heuschrecken mit einem Geknister wie von Funken auffliegen. In der bewegungslosen, schweren Luft der verschlafenen Mittagsstille hört man nur das eintönige Gezirpe der Grillen.

In dieser flammenden Landschaft liebten sich Naïs und Frédéric einen Monat lang. Es schien, als hätte sich das ganze Himmelsfeuer in ihr Blut ergossen. Die ersten acht Tage begnügten sie sich damit, sich jede Nacht unter dem Olivenbaum am Rande der Klippe zu treffen. Dort schwelgten sie in den höchsten Liebeswonnen. Die kühle Nacht besänftigte ihr Fieber, manchmal streckten sie ihre heißen Gesichter und Hände in den vorüberstreichenden Nachtwind, um sich darin wie in einer kühlen Quelle zu erfrischen. Das Meer zu ihren Füßen rauschte unter den Felsen wie in dumpfer, wollüstiger Klage. Der durchdringende Geruch von Seegras machte sie trunken vor Lust. Dann lagen sie in glücklicher Ermattung einander in den Armen und sahen hinüber auf das nächtlich funkelnde Marseille, auf die roten Leuchtfeuer am Hafeneingang mit ihrem blutfarbenen Widerschein im Meer und auf die funkelnden Gaslaternen, die zur Rechten und zur Linken die ausladenden Windungen der Vorstädte nachzeichneten. Über der Mitte der Stadt lag ein hellblitzendes Geflimmer, während der Park auf dem Hügel Bonaparte deutlich durch zwei Lichterketten am Himmelsrand begrenzt war. All diese Lichter jenseits des schlafenden Golfes schienen eine

Traumstadt zu erleuchten, die beim ersten Morgengrauen verschwinden würde. Und der Himmel lag ausgebreitet über den schwarzen Schattenrissen des Horizontes und hatte für die beiden einen großen Zauber, einen Zauber, der sie schaudern ließ, so daß sie einander noch fester in die Arme nahmen. Ein Sternenregen schien auf sie herniederzufallen, denn in den klaren Nächten der Provence gleichen die Sternbilder lebendigen Flammen. Die grenzenlose Weite ließ sie erzittern; sie senkten den Kopf und wandten ihre Aufmerksamkeit nur noch dem einsamen Stern des Leuchtturmes von Planier zu, dessen tanzendes Licht sie berührte, während sich ihre Lippen aufs neue suchten.

Eines Nachts aber stand ein großer Mond am Horizont, der mit seinem gelben Antlitz auf sie heruntersah. Im Meer funkelte eine Feuerspur, als hätte ein Riesenfisch, ein geheimnisvoller Aal aus tiefstem Meer, sein goldgeschupptes Kleid durch das Wasser gleiten lassen; und ein fahler Dämmerschein verlöschte die Lichter von Marseille und badete die Hügel und Buchten des Golfes. Je höher der Mond stieg, desto heller wurde es und desto deutlicher traten die Schatten hervor. Dieser Augenzeuge störte sie. Sie fürchteten entdeckt zu werden, wenn sie so nahe beim Haus blieben. Deshalb verließen sie beim nächsten Mal den Garten über eine eingestürzte Mauer und führten ihre Liebe fortan in Schlupfwinkel, wie sie die Umgebung so reichlich bot. Zuerst zogen sie sich in eine verlassene Ziegelei zurück, deren verfallener Schuppen über einem Keller lag, in dem noch die beiden Feuerschlünde zu sehen waren. Aber diese Ruine bedrückte sie; sie wollten lieber den weiten Himmel über sich fühlen. So liefen sie weiter durch die roten Steinbrüche; sie entdeckten köstliche Verstecke, unberührte kleine Plätze, wo sie nichts weiter hörten, als das ferne Bellen der Hunde. Sie gingen noch weiter, verloren sich auf den endlosen Wegen der felsigen Küste von Niolon und drangen in enge Felsschluchten, Grotten und Klüfte ein. So wurden zwei Wochen lang die Nächte zu Spielen voller Zärtlichkeit. Der Mond nahm ab und der Himmel wurde wieder dunkler, doch jetzt schien ihnen La Blancarde zu klein für ihre Liebe, sie wollten sie in die ganze weite Welt hinaustragen.

Eines Nachts, als sie einem Weg oberhalb von L'Estaque folgten, um zu den Schluchten von Nerthe zu gelangen, glaubten sie gedämpfte Schritte zu hören, die ihnen auf der anderen Seite eines kleinen, am Straßenrand gepflanzten Pinienwäldchens folgten. Erschrocken blieben sie stehen.

»Hörst du?« fragte Frédéric.

»Ja, vielleicht ein streunender Hund,« murmelte Naïs.

Und sie gingen weiter. Aber an der ersten Wegbiegung, hinter dem Wäldchen, sahen sie deutlich eine dunkle Gestalt hinter den Felsen verschwinden. Es war zweifellos ein Mensch, aber von seltsam buckliger Gestalt. Naïs stieß einen leisen Schrei aus.

»Warte«, sagte sie hastig.

Sie lief dem Schatten nach und bald hörte

Frédéric ein aufgeregtes Flüstern. Dann kam sie zurück, ruhig, aber ein wenig blaß.

»Was gibt es denn?« fragte er.

»Nichts«, antwortete sie.

Doch nach einer Weile fuhr sie fort: »Wenn du Schritte hörst, dann hab keine Angst. Es ist Toine, weißt du? Der Bucklige. Er möchte uns beschützen.«

Tatsächlich spürte Frédéric manchmal im Dunkeln, wie ihnen jemand folgte. Als würde sie ein heimlicher Schutz umgeben. Mehrere Male versuchte Naïs Toine davonzujagen, aber das arme Wesen wollte nichts weiter sein als ihr Hund. Man sah ihn nicht und man hörte ihn nicht, warum also sollte man ihn nicht gewähren lassen? Aber hätten die Liebenden genau hinhören können, wenn sie sich in der verfallenen Ziegelei, in verlassenen Steinbrüchen oder in der Tiefe einsamer Grotten leidenschaftlich küßten, dann hätten sie hinter sich ein ersticktes Schluchzen vernommen. Es war Toine, ihr Wachhund, der in seine geballten Fäuste weinte.

Sie begnügten sich nicht mehr mit den Nächten. Jetzt wurden sie kühner und nahmen jede Gelegenheit wahr. Wenn sie sich im Haus auf einem Flur oder in einem Zimmer trafen, tauschten sie einen langen Kuß. Selbst bei Tisch, wenn sie auftrug und er ein Stück Brot oder einen Teller verlangte, fand er eine Gelegenheit, ihr über die Hand zu streichen. Die strenge Madame Rostand, die nichts bemerkte, warf ihrem Sohn noch immer vor, daß er zu hart gegen seine ehemalige Spielgefährtin sei. Eines Tages hätte sie die beiden beinahe überrascht, aber als das junge Mädchen das Rascheln ihres Kleides hörte, bückte es sich rasch und wischte den Staub von den Schuhen ihres jungen Herrn.

Naïs und Frédéric genossen noch tausenderlei andere Freuden. Oft wollte Madame Rostand nach dem Abendessen, wenn es draußen kühler wurde, noch einen Spaziergang machen. Sie nahm den Arm ihres Sohnes, stieg nach L'Estaque hinunter und trug Naïs auf, ihr vorsichtshalber den Schal nachzutragen. Alle drei warteten dann auf die Rückkehr der Sardinenfischer. Auf dem Meer tanzten die Schiffslaternen und bald schon konnte man die schwarzen Umrisse der Boote unterscheiden, die mit dumpfem Ruderschlag näherkamen. An guten Fangtagen wurden fröhliche Stimmen laut und die Frauen eilten mit ihren Körben herbei; die Fischer, die jeweils zu dritt in einem Boot saßen, begannen das Netz, das unter der Bank verstaut war, aufzuwickeln. Es sah aus wie ein breites, dunkles, mit Silberflitter durchsetztes Band; die Sardinen, die sich mit ihren Kiemen in den Maschen des Netzes verfangen hatten, zappelten noch und warfen gleichsam metallische Reflexe; dann glitten sie im fahlen Licht der Laternen wie ein Talerregen in die Körbe. Oft fand Madame Rostand Vergnügen an diesem Schauspiel und blieb vor einem Boot stehen; sie ließ dann den Arm ihres Sohnes los und plauderte mit den Fischern, während Frédéric außerhalb des Laternenscheins dicht neben Naïs stand und ihre Handgelenke drückte, als wolle er sie zerbrechen.

Der alte Micoulin blieb unterdessen stumm wie ein erfahrenes und störrisches Tier. Er fuhr hinaus aufs Meer, kehrte zurück, um ein paar Spatenstiche zu machen und bewahrte im übrigen sein hinterhältiges Schweigen. Aber seine kleinen grauen Augen brannten seit einiger Zeit vor Unruhe. Er warf lauernde Blicke auf Naïs, ohne etwas zu sagen. Sie schien ihm verändert, er witterte Dinge an ihr, für die er keine Erklärung fand. Eines Tages wagte sie ihm zu widersprechen. Da schlug er sie so heftig ins Gesicht, daß ihr die Lippe platzte.

Als Frédéric am Abend unter seinen Küssen ihren geschwollenen Mund spürte, fragte er danach.

»Es ist nichts weiter, mein Vater hat mir eine Ohrfeige gegeben«, sagte sie.

Ihre Stimme war düster geworden. Und als der junge Mann in heftigem Zorn erklärte, er werde das in Ordnung bringen, erwiderte sie: »Nein, laß nur, das ist meine Angelegenheit... Es wird einmal ein Ende haben!«

Sie erzählte ihm niemals von den Ohrfeigen, die sie erhielt, aber an den Tagen, an denen sie von ihrem Vater geschlagen wurde, umschlang sie den Hals ihres Geliebten noch leidenschaftlicher, gerade so, als wolle sie sich an dem Alten rächen.

Seit nunmehr drei Wochen verließ Naïs fast jede Nacht das Haus. Zuerst war sie äußerst vorsichtig gewesen, dann aber überkam sie eine kalte Dreistigkeit, und sie wagte alles. Als sie aber merkte, daß ihr Vater etwas ahnte, wurde sie wieder vorsichtiger. Zweimal erschien sie nicht zur Verabredung. Von ihrer Mutter erfuhr sie, daß Micoulin in der Nacht kaum mehr schlief; er stand auf und wanderte von einem Zimmer ins andere. Aber am dritten Tag vergaß Naïs vor Frédérics flehentlichem Drängen wiederum jegliche Vorsicht. Gegen elf Uhr stahl sie sich hinunter in der festen Absicht, auf keinen Fall länger als eine Stunde draußen zu bleiben. Im ersten tiefen Schlaf, so hoffte sie, würde sie ihr Vater nicht hören.

Frédéric erwartete sie unter den Olivenbäumen. Sie sagte nichts von ihren Befürchtungen, weigerte sich aber, weiter weg zu gehen. Sie wäre zu müde, sagte sie, was auch der Wahrheit entsprach, denn sie konnte nicht wie er tagsüber ausschlafen. Sie legten sich an ihrem alten Platz nieder, unter sich das Meer und vor sich das leuchtende Marseille. Der Leuchtturm von Planier blitzte auf. Und während Naïs dort hinüber sah, schlief sie auf Frédérics Schulter ein. Der rührte sich nicht, und nach und nach überkam ihn selbst die Müdigkeit, und die Augen fielen ihm zu. Eng umschlungen lagen sie da, und ihr Atem vermischte sich.

Keinen Laut hörte man, nur das schneidende Zirpen der Heuschrecken. Wie die Liebenden, so schlief auch das Meer. Da trat eine schwarze Gestalt aus dem Dunkel und näherte sich. Micoulin, der von einem schlagenden Fenster geweckt worden war, hatte Naïs nicht in ihrer Kammer vorgefunden. Er ging aus dem Haus und nahm für alle Fälle ein kleines Beil mit. Als er einen dunklen Schatten unter dem Olivenbaum gewahrte, packte er den Griff noch fester. Doch die Kinder rührten sich nicht; er konnte dicht an sie herangehen, sich bücken und ihnen ins Gesicht sehen. Ein leiser Schrei entfuhr ihm, als er seinen jungen Herrn erkannte. Nein, nein, er konnte ihn nicht einfach töten; das Blut würde eine Spur im Boden hinterlassen und ihn teuer zu stehen kommen. Er richtete sich wieder auf. Zwei Falten wilder Entschlossenheit gruben sich in sein altes, ledernes, vor verhaltener Wut erstarrtes Gesicht. Ein Bauer bringt seinen Herrn nicht offen um, denn der Herr ist, auch wenn er begraben ist, noch immer der Stärkere. Und der alte Micoulin schüttelte den Kopf, schlich auf Zehenspitzen davon und ließ die beiden Liebenden weiterschlafen.

Als Naïs kurz vor Morgengrauen in großer Unruhe wegen ihres langen Ausbleibens nach Hause kam, fand sie das Fenster so vor, wie sie es verlassen hatte. Beim Frühstück sah ihr Micoulin in aller Ruhe zu, wie sie ihr Stück Brot aß. Da beruhigte sie sich; ihr Vater konnte nichts gemerkt haben.

4

»Monsieur Frédéric, kommen Sie denn gar nicht mehr mit aufs Meer hinaus?« fragte eines Abends der alte Micoulin.

Madame Rostand saß im Schatten der Pinien auf der Terrasse und stickte; ihr Sohn lag neben ihr ausgestreckt und vergnügte sich damit, kleine Kieselsteine zu werfen.

»Ach Gott, nein!« entgegnete der junge Mann. »Ich bin faul geworden.«

»Das ist schade,« meinte der Verwalter. »Gestern waren die Körbe voller Fische. Gerade jetzt kann man alles fangen, Sie hätten Ihren Spaß daran. Kommen Sie doch morgen früh mit.«

Er schaute dabei so treuherzig, daß Frédéric ihn Naïs zuliebe nicht verletzen wollte und schließlich sagte: »Na gut, warum nicht... Aber ich muß geweckt werden. Um fünf Uhr schlafe ich nämlich noch wie ein Murmeltier.«

Madame Rostand war etwas beunruhigt und hatte zu sticken aufgehört.

»Seid nur vorsichtig«, murmelte sie. »Ich ängstige mich jedesmal, wenn ihr auf dem Meer draußen seid.«

Am nächsten Morgen rief Micoulin vergeblich nach Monsieur Frédéric, das Fenster des jungen Mannes blieb geschlossen. Da sagte er zu Naïs in einem Ton wilder Ironie, der ihr entging: »Geh du hinauf... Dich hört er vielleicht.«

So wurde Frédéric an diesem Morgen von Naïs geweckt. Noch ganz schlaftrunken zog er sie zu sich in sein warmes Bett, aber sie erwiderte seinen Kuß nur flüchtig und entzog sich ihm. Zehn Minuten später erschien der junge Mann in einem grauen Leinenanzug. Der alte Micoulin saß auf der Brüstung der Terrasse und erwartete ihn geduldig.

»Es ist kühl draußen, Sie sollten einen Schal mitnehmen«, meinte er.

Naïs ging noch einmal hinauf und holte einen

Schal. Dann stiegen die beiden Männer die steilen Stufen zum Meer hinunter, während ihnen das Mädchen in gespannter Haltung mit den Augen folgte. Unten angekommen, hob der alte Micoulin seinen Kopf und sah zu Naïs hinauf; und zwei tiefe Falten gruben sich in seine Mundwinkel.

Seit fünf Tagen schon wehte der heftige Mistral aus Nordwesten. Am Tage zuvor hatte er sich gegen Abend etwas gelegt. Aber bei Sonnenaufgang erhob er sich wieder, wenn auch zunächst nur schwach. Zu dieser frühen Stunde war das Meer bereits von heftigen Windstößen aufgewühlt und schimmerte in düsterem Blau; und von den schrägen Strahlen der aufgehenden Sonne getroffen, blitzten auf den Wellenkämmen kleine Flämmchen auf. Der Himmel war nahezu weiß und von kristallener Klarheit. Im Hintergrund war Marseille so deutlich zu sehen, daß man die Fenster seiner Häuser hätte zählen können, während die Felsen des Golfes in ein überaus zartes Rosa getaucht waren.

»Wir werden bei der Rückkehr ziemlich durchgeschüttelt werden«, meinte Frédéric.

»Vielleicht«, antwortete Micoulin kurz.

Er ruderte schweigsam, ohne sich umzudrehen. Der junge Mann betrachtete für einen Augenblick seinen runden Rücken und dachte an Naïs; er sah nur den sonnenverbrannten Nacken des Alten und zwei rote Ohrläppchen, an denen goldene Ringe hingen. Dann neigte er sich über den Bootsrand und sah in die Meerestiefe, die unter dem Boot vorüberglitt. Das Wasser trübte sich, und nur das große Seegras wogte darin wie die Haare von Ertrunkenen. Es stimmte ihn traurig; er erschrak sogar ein wenig.

»Sehen Sie nur, Vater Micoulin«, begann er nach einem langen Schweigen, »der Wind wird stärker. Seien Sie vorsichtig... Sie wissen ja, daß ich nicht schwimmen kann.«

»Ja, ja, ich weiß«, erwiderte der Alte trocken. Und er ruderte wie mechanisch weiter hinaus. Das Boot begann zu tanzen, die kleinen Flammen auf den Wellenkämmen waren zu Schaumkronen geworden, die unter den Windstößen aufflogen. Frédéric wollte seine Angst nicht zeigen, war jedoch ziemlich beunruhigt; er hätte viel darum gegeben, wieder an Land zu sein. Und voller Ungeduld rief er aus: »Wo, zum Teufel, haben Sie denn Ihre Fangkörbe versteckt?... Müssen wir noch bis nach Algier rudern?«

Der alte Micoulin erwiderte abermals in aller Ruhe: »Wir kommen schon noch hin, wir kommen schon noch hin.«

Plötzlich ließ er die Ruder los, stand im Boot auf und sah nach den beiden Orientierungspunkten an der Küste, dann ruderte er noch fünf Minuten weiter, bis sie zu den Korkschwimmern kamen, die den Platz der Fangkörbe markierten. Kurz bevor er die Körbe heraufzog, blickte er für einige Sekunden nach La Blancarde hinüber. Frédéric folgte der Richtung seiner Augen und sah deutlich unter den Pinien einen hellen Fleck. Es war das weiße Kleid von Naïs, die noch immer auf der Terrasse stand und herübersah.

»Wieviel Fangkörbe sind unten?« fragte Frédéric.

»Fünfunddreißig ... Wir sollten keine Zeit verlieren.«

Er packte den nächstliegenden Kork und zog den ersten Korb herauf. Er lag in großer Tiefe, die Leine wollte kein Ende nehmen. Endlich war der Korb oben, mit seinem großen Stein, der ihn in der Tiefe festgehalten hatte. Und sobald er aus dem Wasser aufgetaucht war, sah man darin drei Fische springen wie in einem Vogelkäfig. Man vermeinte fast, ihren Flügelschlag zu hören. Der zweite Korb war leer. Aber im dritten lag, was selten vorkam, eine kleine Languste, die heftig mit ihrem Schwanz um sich schlug. Da begeisterte sich sogar Frédéric; er vergaß seine Furcht, beugte sich über den Rand des Bootes und erwartete geradezu mit Herzklopfen die nächsten Körbe. Immer wenn er das Geräusch von Flügelschlägen hörte, packte ihn die Erregung eines Jägers, der gerade sein Wild erlegt. So kamen nach und nach die Körbe ins Boot zurück; das Wasser rieselte heraus und bald waren alle fünfunddreißig oben. Es kamen mindestens fünfzehn Pfund Fische zusammen, ein herrlicher Fang für die Bucht von Marseille, die aus verschiedenen Gründen, vor allem aber wegen des Fangs mit engmaschigen Netzen, seit vielen Jahren so gut wie leergefischt war.

»Das wär's«, sagte Micoulin. »Wir können jetzt heimkehren.«

Er hatte seine Körbe hinten im Boot sorgfältig verstaut. Aber als Frédéric sah, wie er das Segel herrichtete, wurde er wieder unruhig und meinte, daß es bei diesem Wind doch ratsamer sei, zu rudern. Der Alte zuckte nur die Schultern. Er wußte, was er tat. Und bevor er das Segel aufzog, warf er einen letzten Blick nach La Blancarde hinüber. Naïs stand noch immer da, mit ihrem hellen Kleid.

Die Katastrophe kam plötzlich, wie ein Blitzschlag. Als Frédéric später nach einer Erklärung suchte, erinnerte er sich nur, wie plötzlich ein heftiger Windstoß in das Segel peitschte und sich dann alles überschlug. Sonst erinnerte er sich an nichts mehr, nur an eine schreckliche Kälte und Todesangst. Er überlebte wie durch ein Wunder: er war auf das Segel gefallen, das ihn über Wasser hielt. Fischer hatten das Unglück beobachtet; sie eilten herbei und nahmen ihn an Bord, ebenso wie den alten Micoulin, der bereits in Richtung zur Küste schwamm.

Madame Rostand schlief noch. Man verheimlichte ihr die Gefahr, in der sich ihr Sohn befunden hatte. Unterhalb der Terrasse trafen Frédéric und der alte Micoulin, die völlig durchnäßt waren, auf Naïs; sie hatte alles mit angesehen.

»Verdammtes Pech!« rief der Alte. »Wir hatten die Körbe schon eingesammelt und wollten eben zurückkehren... So ein Pech!«

Naïs, die sehr blaß war, sah ihrem Vater starr in die Augen.

»Ja, ja«, murmelte sie, »so ein Pech... Aber wenn man gegen den Wind wendet, ist man seiner Sache sicher.«

Micoulin wurde wütend: »Was treibst du dich

überhaupt hier herum, du Nichtstuerin?... Du siehst doch, wie Monsieur Frédéric vor Kälte zittert... Hilf ihm wenigstens nach Hause.«

Der junge Mann kam mit einem Tag Bettruhe davon. Zu seiner Mutter sagte er etwas von Migräne. Am nächsten Morgen fand er Naïs in düsterer Stimmung vor. Sie wollte sich nicht mit ihm treffen; aber als sie ihm eines Abends im Flur begegnete, schlang sie von selbst ihre Arme um ihn und küßte ihn leidenschaftlich. Niemals vertraute sie ihm ihren Verdacht an; aber von diesem Tag an wachte sie über ihn. Dann kamen ihr nach einer Woche wieder Zweifel: ihr Vater ging und kam wie gewöhnlich; er schien sogar sanfter zu sein und schlug sie nicht mehr so oft.

Jeden Sommer machten die Rostands einmal einen Ausflug zu einer Felsschlucht an der Küste von Niolon, um dort am Strand eine Bouillabaisse zu essen. Und da es dort auf den Hügeln auch Rebhühner gab, versuchten sich die Herren bei dieser Gelegenheit immer auch mit ein paar Schüssen. In diesem Jahr wollte Madame Rostand Naïs zur Bedienung mitnehmen, und sie hörte nicht auf die Einwände des Verwalters, dem die Verärgerung darüber tiefe Falten in sein altes, wildes Gesicht grub.

Man brach in aller Frühe auf. Der Morgen war wunderbar mild. Das spiegelglatte Meer breitete sich unter der hellen Sonne wie ein blaues Tuch. Dort, wo es von Strömungen gekräuselt wurde, wechselte das Blau in den Ton dunkelvioletten Lacks, während es an den unbewegten Stellen in blasser und milchiger Transparenz schimmerte. Man hätte das Meer bis hin zum klaren Horizont für ein gewaltiges, schillerndes Seidentuch halten können. Auf dieser stillen See glitt das Boot sanft dahin.

Der schmale Strand, an dem man anlegte, befand sich am Eingang einer Schlucht. Man machte es sich zwischen den Steinen auf einem von der Sonne verbrannten Rasenstück bequem, das als Tisch dienen sollte.

Diese Bouillabaisse unter freiem Himmel war eine umständliche Geschichte. Zunächst stieg Micoulin wieder ins Boot, um die am Abend zuvor im Meer ausgelegten Körbe wieder einzusammeln. Unterdessen mußte Naïs Thymian, Lavendel und ein ganzes Bündel trockenes Gestrüpp herbeischaffen, um damit ein großes Feuer zu entfachen. An diesem Tag mußte der Alte die Bouillabaisse zubereiten, die klassische Fischsuppe, deren Rezept die Küstenfischer vom Vater auf den Sohn vererben. Es war eine schrecklich gepfefferte und mit zerdrückten Knoblauchzehen übermäßig gewürzte Suppe. Die Rostands hatten großen Spaß an dieser Zubereitung.

»Was meinen Sie, Vater Micoulin, wird sie so gut gelingen wie im vergangenen Jahr?« fragte Madame Rostand, die bei dieser Gelegenheit sogar zu Scherzen bereit war.

Micoulin schien guter Laune zu sein. Er reinigte den Fisch zunächst im Meer, während Naïs eine große Pfanne aus dem Boot holte. Alles war dann schnell zusammengebraut: zuerst den Fisch in die

Pfanne, mit Wasser bedeckt, dann Zwiebeln, Öl, Knoblauch, eine Handvoll Pfeffer, eine Tomate und noch ein weiteres halbes Glas Öl. Dann die Pfanne aufs Feuer, das gewaltig genug war, um einen Hammel darüber zu braten. Die Fischer behaupten, daß das Gelingen einer Bouillabaisse vom richtigen Kochen abhängt: die Pfanne muß dabei richtig in den Flammen verschwinden. Unterdessen schnitt der Verwalter mit ernster Miene Brotscheiben in eine Schüssel. Nach einer halben Stunde goß er die Suppe über das Brot und servierte den Fisch gesondert.

»Fangen wir an!« sagte er. »Sie schmeckt nur, wenn sie kochend heiß ist.«

Und man aß die Bouillabaisse unter den üblichen Scherzen.

»Sagen Sie, Micoulin, haben Sie da Schießpulver hineingetan?«

»Gut ist sie ja, aber man braucht dazu einen Rachen aus Eisen!«

Er aß schweigend und verschlang mit jedem Löffel eine Scheibe Brot. Im übrigen hielt er sich etwas abseits, um zu zeigen, wie sehr er sich geehrt fühle, zusammen mit den Herrschaften zu speisen.

Nach dem Essen blieb man noch dort, bis die große Hitze vorüber war. Die Felsen waren in Licht getaucht, wie mit Rottönen gesprenkelt und warfen schwarze Schatten. Kleine Gruppen niedriger Eichen durchzogen sie marmorgleich, während die Pinien gleichmäßig, wie eine Armee kleiner Soldaten, die Hänge hinaufmarschierten. Eine bleierne Stille senkte sich mit der Hitze herab.

Madame Rostand hatte die ewige Stickerei mitgebracht, die man immer in ihren Händen sah. Naïs saß bei ihr und schien dem Auf und Ab der Nadel aufmerksam zu folgen. Aber in Wirklichkeit belauerte sie ihren Vater. Er hatte sich einige Schritte weiter ausgestreckt und hielt seinen Mittagsschlaf. Ein wenig weiter weg schlief auch Frédéric unter seinem Strohhut, mit dem er sich das Gesicht bedeckte.

Gegen vier Uhr wachten sie auf. Micoulin behauptete, daß es ganz hinten in der Schlucht eine Menge Rebhühner gäbe. Vor drei Tagen noch hätte er sie gesehen. Da ließ sich Frédéric überreden, und beide nahmen ihr Gewehr zur Hand.

»Ich bitte dich«, rief Madame Rostand, »sei vorsichtig… Man kann ausrutschen und sich womöglich verletzen.«

»Ja, das kann vorkommen«, sagte Micoulin seelenruhig.

Sie zogen los und verschwanden hinter den Felsen. Naïs sprang plötzlich auf, folgte ihnen in einigem Abstand und sagte vor sich hin: »Da will ich dabei sein.«

Statt auf dem Weg zu bleiben, der mitten durch die Schlucht führte, wandte sie sich nach links in die Büsche. Sie beschleunigte ihre Schritte und achtete darauf, keine Steine ins Rollen zu bringen. Schließlich langte sie an einer Wegbiegung an und sah Frédéric. Zweifellos hatte er die Rebhühner bereits entdeckt, denn er ging rasch, gebückt und das Gewehr zum Anschlag bereit. Ihren Vater sah sie noch immer nicht. Dann entdeckte sie ihn plötzlich auf ihrer Seite der Schlucht. Er hatte sich niedergekauert und schien zu warten. Zweimal hob er das Gewehr und senkte es wieder. Sollten die Rebhühner zwischen ihm und Frédéric auffliegen, dann könnten die Schüsse der Jäger einander erreichen. Naïs näherte sich von Busch zu Busch und stand jetzt angsterfüllt direkt hinter dem Alten.

Minuten verronnen. Gegenüber verschwand Frédéric für kurze Zeit hinter einem Erdhügel. Er tauchte wieder auf und blieb für einen Augenblick unbeweglich stehen. Da legte Micoulin, noch immer niedergekauert, genau auf den jungen Mann an. Aber in diesem Augenblick schleuderte Naïs mit einem Tritt den Lauf der Flinte in die Höhe und die Ladung ging mit einem fürchterlichen Knall in die Luft. Noch lange brach sich das Echo in der Schlucht.

Der Alte sprang auf. Als er Naïs erkannte, packte er sein Gewehr am noch rauchenden Lauf, als wolle er sie mit einem Kolbenhieb niederschlagen. Das Mädchen stand aufrecht vor ihm, leichenblaß, aber mit flammenden Augen. Er wagte nicht, zuzuschlagen. Vor Wut zitternd zischte er in seinem Dialekt: »Wart es ab, ich bring ihn um.«

Beim Schuß des Verwalters waren die Rebhühner aufgeflogen. Frédéric holte zwei herunter. Gegen sechs Uhr kehrten die Rostands nach La Blancarde zurück. Der alte Micoulin ruderte mit seiner üblichen gelassenen und störrischen Miene.

5

Der September ging zu Ende. Nach einem heftigen Gewitter wurde die Luft merklich kühler. Die Tage wurden kürzer und Naïs weigerte sich, nachts mit Frédéric zusammen zu sein. Sie gab vor, zu müde zu sein und meinte, sie würden sich auf der vom Tau feuchten Erde doch nur eine Krankheit holen. Aber da sie morgens schon gegen sechs Uhr zur Arbeit kam und Madame Rostand erst drei Stunden später aufstand, ging sie für eine Weile ins Zimmer des jungen Mannes hinauf, ließ dabei aber die Tür geöffnet und war ständig auf der Lauer.

Es war die Zeit ihrer Liebe, in der Naïs am zärtlichsten zu Frédéric war. Sie faßte ihn um den Hals, zog sein Gesicht ganz nah zu sich heran und sah ihn so leidenschaftlich an, daß sich ihre Augen mit Tränen füllten. Es war ihr immer, als würde sie ihn zum letzten Mal sehen. Dann bedeckte sie sein Gesicht mit einem Regen von Küssen, als wolle sie gegen diesen Gedanken aufbegehren und schwören, daß sie ihn zu verteidigen wisse.

»Was ist denn mit Naïs?« fragte öfter Madame Rostand. »Sie ist so verändert.«

Sie begann tatsächlich abzumagern, ihre Wangen wurden hohler und ihr leuchtender Blick war erloschen. Meist schwieg sie, dann wieder schien sie wie aufgeschreckt zu erwachen, als hätte sie geschlafen und geträumt.

»Wenn du dich krank fühlst, mein Kind, dann

müssen wir etwas dagegen tun«, sagte wiederholt Madame Rostand.

Dann lächelte Naïs. »Nein, nein, Madame, es geht mir gut, ich bin glücklich... Nie zuvor war ich so glücklich.«

Eines Morgens, als sie beim Zählen der Wäsche half, wagte sie eine Frage: »Werden Sie denn in diesem Jahr noch lange in La Blancarde bleiben?«

»Bis Ende Oktober«, antwortete Madame Rostand. Und Naïs sah einen Augenblick verloren vor sich hin; dann sagte sie laut, ohne sich dessen bewußt zu sein: »Noch zwanzig Tage.«

Ein ständiger Kampf trieb sie um. Sie hätte Frédéric bei sich behalten wollen, aber zur gleichen Zeit, zu jeder Stunde war sie versucht ihm zuzurufen: »Geh fort!« Er war für sie verloren; niemals wird diese Zeit der Liebe wiederkehren, das wußte sie schon von Anfang an. An einem besonders düsteren Abend fragte sie sich sogar, ob sie nicht zulassen sollte, daß Frédéric von ihrem Vater getötet würde, damit er mit keiner anderen gehen könne. Aber der Gedanke, ihn tot zu wissen, war ihr unerträglich; er war so weiß, so viel mädchenhafter als sie selbst; diese Vorstellung füllte sie mit Entsetzen. Nein, sie würde ihn retten, er sollte niemals etwas davon erfahren und bald würde er sie sowieso nicht mehr lieben. Aber sie wäre wenigstens glücklich bei dem Gedanken, daß er lebe.

Oft sagte sie morgens zu ihm: »Geh nicht aus, fahre nicht aufs Meer, das Wetter ist zu unbeständig.« Und ein anderes Mal forderte sie ihn geradezu zum Ausgehen auf: »Du mußt dich hier doch langweilen, du wirst mich bald nicht mehr liebhaben... Fahr doch für einige Tage in die Stadt.«

Frédéric wunderte sich über diese Launen. Er fand das Bauernmädchen auch nicht mehr so schön, seit Naïs' Gesicht so mager geworden war, und er begann dieser heftigen Liebe allmählich überdrüssig zu werden. Er sehnte sich nach dem Eau de Cologne und dem Puderduft der Mädchen von Aix und Marseille.

In Naïs' Ohren klangen weiterhin die Worte ihres Vaters: »Ich bring ihn um... Ich bring ihn um...« Nachts schreckte sie auf, wenn sie von Schüssen geträumt hatte. Sie wurde überaus ängstlich und erschrak schon, wenn sich ein Stein unter ihren Füßen löste. Immer, wenn sie ihn gerade nicht sehen konnte, ängstigte sie sich um »Monsieur Frédéric«. Am entsetzlichsten aber war, daß sie von morgens bis abends aus dem hartnäckigen Schweigen von Micoulin die Worte herauszuhören glaubte: »Ich bring ihn um.« Er hatte seither keine Andeutung mehr gemacht, kein Wort, keine Geste; aber sie wußte: die Blicke des Alten, jede seiner Bewegungen, ja seine ganze Person sagten nichts anderes, als daß er bei der nächsten Gelegenheit den jungen Herrn töten würde, sobald er sich vor der Justiz sicher glaubte. Danach würde er sich mit Naïs beschäftigen. Mittlerweile mißhandelte er sie mit Fußtritten, wie ein Tier, das bestraft wird.

»Ist dein Vater noch immer so brutal zu dir?« fragte sie eines Morgens Frédéric, als er noch im Bett lag und Zigaretten rauchte, während sie hin und her ging, um ein bißchen Ordnung zu schaffen.

»Ja«, antwortete sie, »er wird noch verrückt.« Und sie zeigte ihm die blauen Flecken auf ihren Beinen. Dann murmelte sie die Worte, die sie jetzt oft vor sich hin sprach: »Es wird ein Ende haben; es wird ein Ende haben.«

Die ersten Tage des Oktober verdüsterten sie noch mehr. Oft schien sie wie geistesabwesend und bewegte die Lippen, als spräche sie ganz leise zu sich selbst. Frédéric sah sie mehrere Male am Rande der Klippe stehen, wie sie die Bäume rundum musterte und mit ihrem Blick die Tiefe des Abgrunds abschätzte. Einige Tage später überraschte er sie, wie sie dabei war, mit Toine, dem Buckligen, in einem abgelegenen Winkel des Gutes Feigen zu pflücken. Toine half Micoulin, wenn es viel zu tun gab. Er stand unter dem Feigenbaum und Naïs, die auf einen dicken Ast geklettert war, scherzte mit ihm; sie rief ihm zu, er solle den Mund öffnen, und dann warf sie Feigen nach ihm, die ihm aufs Gesicht klatschten. Das arme Geschöpf öffnete immer wieder den Mund und schloß dabei hingebungsvoll die Augen, und sein breites Gesicht drückte grenzenlose Seligkeit aus. Natürlich war Frédéric keineswegs eifersüchtig, aber er konnte es sich nicht versagen, sie damit aufzuziehen.

»Toine würde sich für uns die Hand abhacken lassen«, sagte sie in ihrem ernsten Ton, »man sollte ihn nicht mißhandeln; vielleicht braucht man ihn einmal.«

Der Bucklige kam jetzt täglich nach La Blancarde. Er arbeitete oberhalb der Klippe, wo er einen schmalen Graben aushob, um das Wasser bis ans andere Ende des Gartens zu leiten, wo man einen Gemüsegarten anlegen wollte. Manchmal besuchte ihn Naïs, dann unterhielten sich die beiden lebhaft miteinander. Er ließ sich bei dieser Arbeit so viel Zeit, daß ihn der alte Micoulin schließlich als Faulpelz beschimpfte und ihm, wie seiner Tochter, Fußtritte an die Beine verpaßte.

Es folgten zwei Tage Regen. Frédéric, der in der kommenden Woche nach Aix zurückkehren mußte, hatte beschlossen, vor seiner Abreise noch einmal mit Micoulin zum Fischen aufs Meer zu fahren. Als er sah, wie Naïs blaß wurde, lachte er und erklärte, daß er sich diesmal einen Tag ohne Mistral aussuchen würde. Da seine Abreise kurz bevorstand, wollte ihn das junge Mädchen in dieser Nacht noch einmal sehen. Gegen ein Uhr trafen sie sich auf der Terrasse. Der Regen hatte den Boden reingewaschen und ein starker Duft stieg aus dem erfrischten Rasen. Wenn diese ausgebrannte Erde sich tief mit Wasser vollsaugt, entfaltet sie eine Fülle von Farben und Düften: die rote Erde wird blutfarben, die Pinien schimmern wie Smaragde, und die Felsen glänzen weiß, wie gebleichtes Linnen. Doch in dieser Nacht nahmen die Liebenden nur den überwältigenden Duft von Thymian und Lavendel wahr.

Ihre alte Gewohnheit führte sie unter die Olivenbäume. Frédéric ging auf jenen am Rande des Abgrunds zu, der immer ihre Liebe beschützt hatte, aber Naïs packte ihn am Arm, so als käme sie plötzlich zu sich, zog ihn vom Abgrund weg und flüsterte mit zitternder Stimme: »Nein, nein, nicht dort!«

»Was hast du denn?« fragte er.

Sie zögerte etwas und meinte schließlich, daß nach einem so starken Regen wie gestern, der Klippenrand nicht sicher sei. Und sie fügte hinzu: »Im letzten Winter gab es hier ganz in der Nähe einen Erdrutsch.«

Sie ließen sich weiter hinten, unter einem anderen Olivenbaum nieder. Es war ihre letzte Liebesnacht. Naïs war voller Beklommenheit. Plötzlich brach sie in Tränen aus, wollte aber nicht sagen, warum. Dann versank sie wieder in tiefes Schweigen. Und als Frédéric im Scherz meinte, sie würde sich mit ihm offenbar langweilen, da umschlang sie ihn leidenschaftlich und flüsterte: »Nein, sag so etwas nicht. Ich liebe dich viel zu sehr... Aber, siehst du, ich bin krank... Und dann, es ist ja aus, du wirst weggehen... Oh, mein Gott, es ist aus...«

Er suchte vergeblich sie zu trösten, indem er immer wieder beteuerte, daß er ja von Zeit zu Zeit wiederkommen würde und daß sie im nächsten Herbst wieder zwei Monate ganz für sich hätten. Aber sie schüttelte nur den Kopf; sie wußte, daß es zu Ende war. Ihr Beisammensein endete mit einem verlegenen Schweigen. Sie blickten aufs Meer, Marseille glitzerte, der Leuchtturm von Planier brannte einsam und traurig. Vor diesem weiten Horizont überkam sie nach und nach eine tiefe Traurigkeit. Als er sie gegen drei Uhr verließ und sie noch einmal auf die Lippen küßte, fühlte er, wie sie in seinen Armen vor Kälte zitterte.

Frédéric konnte nicht schlafen. Er las bis zum Morgen. Fiebrig vor Schlaflosigkeit trat er ans Fenster, als es zu dämmern begann. In diesem Augenblick kam Micoulin vorbei, um seine Fangkörbe einzuholen. Als er die Terrasse überquerte, hob er den Kopf und fragte: »Nun, Monsieur Frédéric, wollen Sie diesen Morgen nicht mit hinauskommen?«

»Nein, Vater Micoulin, ich habe zu schlecht geschlafen«, antwortete der junge Mann. »Aber morgen ganz sicher.«

Der Verwalter ging mit seinem schleppenden Schritt weiter. Er mußte die Klippen hinuntersteigen, um zu seinem Boot am Strand zu kommen. Es lag genau unterhalb des Olivenbaumes, bei dem er seine Tochter überrascht hatte. Als er verschwunden war, erblickte Frédéric Toine und war überrascht, diesen schon bei der Arbeit zu sehen. Der Bucklige beschäftigte sich mit einer Hacke ganz in der Nähe des Olivenbaums und besserte den schmalen Wasserlauf aus, den die Regengüsse zerstört hatten. Es war frisch und es war angenehm am Fenster. Der junge Mann ging ins Zimmer zurück, um sich eine Zigarette zu drehen. Als er damit langsam wieder zurückkehrte, zerriß ein ohrenbetäubendes Getöse, einem Donnerrollen gleich, die Stille. Die Ereignisse überstürzten sich. Es war ein Erdrutsch. Nur Toine war zu erkennen, wie er seinen Spaten schwang und sich aus einer Lawine roter Erde zu retten suchte. Der alte Olivenbaum mit seinen knorrigen Ästen stürzte den Abgrund hinunter ins aufschäumende Meer. Dann gellte ein furchtbarer Schrei durch die

Luft und Frédéric erblickte Naïs, die sich auf ihre steifen Arme gestemmt voller Anspannung über die Brüstung der Terrasse lehnte, um zu sehen, was am Fuß der Klippe geschah. Unbeweglich stand sie da, als seien ihre Handgelenke mit dem Stein verwachsen. Aber sie mußte das Gefühl haben, beobachtet zu werden, denn sie wandte sich um, sah Frédéric und schrie: »Mein Vater! Mein Vater!«

Eine Stunde später fand man den schrecklich verstümmelten Leichnam Micoulins unter den Steinen. Toine erzählte in fiebriger Aufregung, daß er beinahe mit hinuntergerissen worden wäre, und jedermann meinte nun, daß man wegen des einsickernden Wassers dort oben niemals einen Wassergraben hätte bauen dürfen. Die Mutter Micoulin weinte viel. Naïs geleitete ihren Vater zum Friedhof. Ihre flammenden Augen waren ohne Tränen.

Am Morgen nach der Katastrophe bestand Madame Rostand darauf, nach Aix zurückzukehren. Frédéric war mit dieser Abreise sehr einverstanden, denn er sah voraus, daß diese schreckliche Tragödie für seine Liebschaft nur Verwirrung bringen konnte. Im übrigen konnte es eine Bäuerin ja auch nicht im mindesten mit einem Stadtmädchen aufnehmen. So kehrte er wieder zu seiner gewohnten Lebensweise zurück. Seine Mutter, die über seine ihr erwiesene Hilfsbereitschaft in La Blancarde sehr gerührt war, gewährte ihm nunmehr größere Freiheiten. So verbrachte er einen angenehmen Winter: er ließ Damen aus Marseille kommen, die er in einem dazu eigens von ihm angemieteten Zimmer in der Vorstadt unterbrachte. Er schlief auswärts und kehrte nur zu jenen Stunden in das große, kalte Haus in der Rue du Collège zurück, wenn seine Anwesenheit unumgänglich war; und er hoffte, daß sein Leben immer auf diese Weise weitergehen würde.

An Ostern mußte Monsieur Rostand nach La Blancarde. Frédéric erfand eine Ausrede, um ihn nicht begleiten zu müssen. Als der Anwalt wieder zurück war, sagte er während des Essens beiläufig: »Übrigens, Naïs wird heiraten.«

»Ach!« rief Frédéric überrascht.

»Und ihr werdet niemals erraten, wen sie nimmt«, fuhr Monsieur Rostand fort. »Sie hat mir aber einige vernünftige Gründe genannt...«

Naïs heiratete Toine, den Buckligen. Auf diese Weise würde sich in La Blancarde nichts ändern. Toine konnte Verwalter werden, da er sich ohnehin seit Micoulins Tod um den Besitz gekümmert hatte.

Der junge Mann hörte mit gezwungenem Lächeln zu. Schließlich fand er diese Lösung auch selbst am bequemsten für alle.

»Naïs ist sehr gealtert und geradezu häßlich geworden«, fuhr Monsieur Rostand fort. »Ich habe sie kaum wiedererkannt. Erstaunlich, wie schnell diese Mädchen von der Küste verblühen... Sie war doch sehr hübsch, diese Naïs.«

»Ach ja, ein flüchtiger Sonnenstrahl«, sagte Frédéric, während er in aller Ruhe sein Kotelett verzehrte.

Das Fest zu Coqueville

I

Coqueville ist ein kleines, in eine Felsspalte eingezwängtes Dorf, etwa zwei Meilen entfernt von Grandport. Ein schöner weißer Strand breitet sich vor den verwitterten Häusern aus, die auf halber Höhe an der Steilküste kleben, gleich Muscheln, die von der Flut zurückgelassen wurden. Wenn man auf die Höhe von Grandport hinaufsteigt, sieht man linkerhand in Richtung Westen deutlich den gelben Sandstreifen, der aussieht, als wäre eine Woge Goldstaub aus den Felsspalten herausgeronnen. Und wenn man gute Augen hat, vermag man sogar die Häuser zu erkennen, deren rostfarbige Mauern sich wie Flecken auf dem Fels ausnehmen und deren Rauch als bläuliche Spur über den Saum des Höhenrückens hinaus in den Himmel steigt.

Es ist ein von der Welt vergessenes Nest. Coqueville hat es noch nicht einmal zu zweihundert Einwohnern gebracht. Die Felsschlucht, die in das Meer mündet und auf deren Schwelle das Dorf gelegen ist, bildet derart schroffe Windungen und steile Abgründe, daß es so gut wie unmöglich ist, hier mit einem Wagen zu fahren. Sie schneiden den Flecken von jeder Verbindung zur Außenwelt ab und es ist, als wären die Nachbarorte hunderte von Meilen entfernt. Auch die Verbindung nach Grandport ist für die Einwohner nur auf dem Wasser möglich. Da sie fast alle Fischer sind und vom Ozean leben, bringen sie den Fang täglich in ihren Booten dorthin. Eine große Gesellschaft, das Haus Dufeu, kauft ihren Fang zu einem Festpreis. Der alte Dufeu ist bereits vor einigen Jahren gestorben, aber seine Witwe führt das Geschäft weiter; sie hat sich lediglich einen Gehilfen dazugenommen, Monsieur Mouchel, einen großen blonden Teufelskerl, dessen Aufgabe es ist, die Geschäfte mit den Fischern abzuwickeln. Dieser Mouchel ist die einzige Verbindung zwischen Coqueville und der zivilisierten Welt.

Coqueville hätte einen eigenen Geschichtsschreiber verdient. Es scheint, daß das Dorf vor langer Zeit von den Mahés gegründet wurde, einer Familie, die sich hier niedergelassen hatte und die sich am Fuß dieser Steilküste stark vermehrte. Die Mahés mußten sich zunächst nur untereinander verheiratet haben, denn über Jahrhunderte gab es hier niemand außer ihnen. Dann, unter Ludwig XIII., tauchte ein gewisser Floche auf. Man weiß nicht genau, woher er kam. Jedenfalls heiratete er eine Mahé, und von diesem Augenblick an geschah etwas Merkwürdiges: die Floches gediehen ihrerseits und vermehrten sich derart, daß sie nach und nach die Mahés verdrängten, deren Zahl im gleichen Maße sank, wie ihr Glück in die Hände der Neuankömmlinge überging. Ohne Zweifel, die Floches brachten neues Blut, neue Kraft und neues Temperament, welches sich dieser stürmischen Meereslandschaft besser anzupassen wußte. Jedenfalls sind sie heute die Herren von Coqueville.

Man kann sich vorstellen, daß dieser Wechsel von Macht und Reichtum nicht kampflos vonstatten ging. Die Mahés und die Floches hassen einander. Schon jahrhundertelang herrscht bittere Feindschaft. Trotz ihres Niedergangs bewahrten die Mahés den Stolz der ehemaligen Eroberer. Schließlich waren sie die Gründer des Dorfes, die eigentlichen Ahnen. Verächtlich sprechen sie von jenem ersten Floche als einem Bettler und Vagabunden, der von ihnen nur aus Mitleid aufgenommen wurde. Und niemals werden sie es sich verzeihen, daß sie ihm eine ihrer Töchter zur Frau gegeben haben. Dieser Floche, so sagen sie, hat nichts als eine Bande von Wüstlingen und Dieben in die Welt gesetzt, die sich die Nächte mit Kindermachen und die Tage mit Erbschleicherei vertreiben. Und es gibt keinen Schimpf, den sie dem mächtigen Stamm der Floches nicht anhängen, fortgerissen vom bitteren Haß eines gleichsam heruntergekommenen Adels, der zusehen muß, wie der Pöbel von seinem Vermögen und seinen Schlössern Besitz ergreift. Natürlich spielen auch die Floches ihren Triumph in unverschämter Weise aus, spotten mit großem Genuß über das alte Geschlecht der Mahés und drohen, diese aus dem Dorf zu jagen, wenn sie sich nicht fügten. Sie schimpfen sie Hungerleider und empfehlen ihnen, die Lumpen, die sie tragen, erst einmal ordentlich zusammenzuflicken. So ist Coqueville die Beute zweier wilder Stämme geworden. Aus dem einfachen Grund, weil sie die stärkeren sind, haben einhundertdreißig Einwohner beschlossen, die übrigen fünfzig aufzufressen. Es ist die gleiche Geschichte, wie wenn zwei große Reiche aneinander geraten.

Unter den Fehden, die in der letzten Zeit Coqueville beschäftigt haben, ist besonders die denkwürdige Feindschaft zwischen den Brüdern Fouasse und Tupain, sowie die handgreiflichen Auseinandersetzungen zwischen dem Ehepaar Rouget zu nennen. Man muß dabei wissen, daß jeder Einwohner im Laufe der Zeit einen Beinamen erhielt, der dann später zum richtigen Familiennamen wurde; es war überhaupt schwer, sich unter den vielfältigen Vermischungen der Mahés und der Floches noch auszukennen. Rouget hatte zweifellos einen Vorfahren mit rotblondem Haar; und was Fouasse und Tupain betreffen, so ist nicht mehr bekannt, warum sie so heißen. Bei vielen Beinamen ist eben im Lauf der Zeit der ursprüngliche Sinn in Vergessenheit geraten. Wie auch immer, die alte Françoise, eine heute Achtzigjährige, empfing damals Fouasse von einem Mahé; als sie später Witwe wurde, heiratete sie einen Floche und brachte Tupain zur Welt. Daher der Haß zwischen den beiden Brüdern, der noch durch gewisse Erbstreitigkeiten verschärft wurde. Und bei den Rougets prügelte man sich unentwegt, denn Rouget beschuldigte seine Frau Marie des Ehebruchs mit dem langen Brisemotte, einem brünetten Kerl aus der Sippe der Floches, auf den er sich bereits zweimal mit einem Messer gestürzt hatte und dabei etwas von Bauchaufschlitzen brüllte. Rouget, ein kleines nervöses Männchen, war äußerst jähzornig.

Aber was Coqueville ganz besonders erregte, war weder der Zorn Rougets noch die Streitereien zwischen Tupain und Fouasse. Es ging nämlich das hartnäckige Gerücht, daß Delphin, ein junger Bursche von zwanzig Jahren aus dem Geschlecht der Mahés, es wagte, die schöne Margot zu lieben, die Tochter des Bürgermeisters La Queue, des reichsten Mannes unter den Floches. Dieser La Queue war nun wirklich eine hochangesehene Persönlichkeit. Man nannte ihn La Queue, den Zopf, weil sein Vater mit dem Starrsinn eines Greises, der an der Mode seiner Jugend festhält, unter Louis Philippe als letzter einen Zopf trug. Nun besaß La Queue eines der zwei großen Fischerboote von Coqueville, die ›Zéphir‹, zweifellos das schönste, neueste und seetüchtigste der beiden. Das andere, die ›Balaine‹, ein ziemlich verrotteter Kahn, gehörte Rouget und wurde von Delphin und Fouasse gesteuert. Das Boot von La Queue hatte dagegen Tupain und Brisemotte als Besatzung, die beide nicht mit spöttischem Gelächter über die Balaine geizten und behaupteten, sie sei ein alter Holzschuh, der eines schönen Tages in den Wellen versinken werde wie eine Handvoll Schmutz.

Als La Queue nun eines Tages erfuhr, daß dieser Lump von Delphin, der Schiffsjunge der Balaine, sich erlaubte, seiner Tochter nachzustellen, verpaßte er Margot zwei saftige Ohrfeigen, sozusagen zur Klarstellung, daß sie niemals die Frau eines Mahé werden könne. Margot war wütend und schwor, die Ohrfeigen an Delphin weiterzugeben, wenn er es je wagen würde, sich ihren Röcken zu nähern. Es war wirklich zu ärgerlich, sich wegen eines Kerls ohrfeigen zu lassen, den man noch nicht einmal ansah. Margot, die mit ihren sechzehn Jahren bereits kräftig wie ein Mann und schön wie eine richtige Dame war, hatte den Ruf einer unnahbaren und in Angelegenheiten der Liebe äußerst zurückhaltenden Person. Man kann sich vorstellen, daß das Geschwätz über die zwei Ohrfeigen, über Delphins Frechheit und über Margots Wut in Coqueville kein Ende nahm.

Dennoch behaupteten einige, daß Margot es eigentlich gar nicht so ungern sehen würde, wie Delphin um sie herumschlich. Dieser Delphin war ein blonder Junge mit wettergebräunter Haut und mit einer Mähne aus lockigem Haar, welche ihm tief in die Stirn und in den Nacken herabfiel. Trotz seiner schlanken Figur war er sehr kräftig und brachte es fertig, Kerle zu verhauen, die dreimal so stark waren wie er selbst. Man erzählte sich, daß er manchmal verschwand, um eine Nacht in Grandport zu verbringen. Bei den Mädchen stand er deshalb im Ruf eines geheimnisvollen Wolfes und entrüstet nannten sie ihn untereinander einen Lebemann, womit sie eine vage Vorstellung aller möglichen unbekannten Genüsse verbanden. Wenn Margot über Delphin sprach, dann geriet sie in großen Zorn. Er aber grinste nur, wenn er sie aus seinen schmalen strahlenden Augen ansah und machte sich nicht das geringste aus ihrer Wut und Verachtung. Oft ging er an ihrem Haus vorbei, versteckte sich im Gebüsch, lauerte ihr stundenlang auf, mit der Ausdauer einer Katze, die auf ihre Beute wartet. Und wenn sie ihn dann ganz plötzlich entdeckte, manchmal in solcher Nähe, daß sie seinen warmen Atem spüren konnte, dann lief er nicht weg, sondern sah sie so sanft und traurig an, daß sie ganz verwirrt wurde und sich ihres Zornes erst wieder besann, wenn er bereits fort war. Hätte ihr Vater sie jemals so gesehen, dann hätte er sie sicher wieder geohrfeigt.

Das konnte so nicht weitergehen. Aber so sehr sie sich auch geschworen hatte, daß Delphin eines Tages die ihm zugedachten Ohrfeigen erhalten würde, so versäumte sie doch jedesmal, wenn er da war, die Gelegenheit, sie ihm zu verabreichen. Schließlich sagten die Leute, sie solle lieber nicht ständig davon sprechen, wenn sie die Ohrfeigen letzten Endes doch immer für sich behielte.

Jedenfalls kam niemand auf den Gedanken, daß sie jemals Delphins Frau werden könnte. Man betrachtete ihr Verhalten als bloße Koketterie. Eine Heirat zwischen dem lumpigsten der Mahés, einem Burschen, der keine sechs Hemden mit in die Ehe bringen würde und der Tochter des Bürgermeisters, der reichsten Erbin der Floches, das war einfach unvorstellbar. Böse Zungen gaben zu verstehen, daß sie sich natürlich mit ihm einlassen könnte, aber an Heirat würde sie dabei gewiß nicht denken. Ein reiches Mädchen vergnügt sich eben, wenn es Lust dazu hat, aber es macht, wenn es klug ist, doch keine Dummheiten. Schließlich nahm ganz Coqueville

Anteil an diesem Liebesabenteuer und man war gespannt, wie sich die Sache weiter entwickeln werde. Erhält Delphin seine zwei Ohrfeigen oder läßt sich Margot etwa in irgendeinem Felswinkel küssen? Man mußte eben abwarten. Eine Partei war für die Ohrfeigen, eine andere für das Küssen. Coqueville war in großer Aufregung.

Nur zwei Personen gab es im Dorf, der Pfarrer und der Feldhüter, die beide weder zu den Mahés noch zu den Floches gehörten. Der Feldhüter war ein großer, magerer Mensch, dessen Name unbekannt war, den man aber allgemein nur den ›Kaiser‹ nannte, vermutlich weil er unter Karl X. gedient hatte. Er versah keinerlei ernst zu nehmende Funktion in dieser Gemeinde, die nur aus nackten Felsen und unfruchtbaren Ebenen bestand. Ein Unterpräfekt, der ihn protegierte, verhalf ihm zu dieser Pfründe, wo er in Ruhe von seinem kleinen Gehalt leben konnte. Der Abbé Radiguet wiederum war einer jener unbedeutenden Priester, die man, um sich ihrer zu entledigen, in irgendein verlassenes Nest entsendet. Er lebte wie ein Biedermann, war ganz Bauer geworden, pflegte sein dem Felsen abgetrotztes Garteneckchen, rauchte seine Pfeife und sah dem Salat beim Wachsen zu. Sein einziger Fehler war seine Naschhaftigkeit, die er nur schwer befriedigen konnte, da sie sich hier am Ort auf Makrelen und Cidre beschränken mußte. Vom Cidre allerdings trank er oft mehr als er vertragen konnte. Ansonsten war er ganz der Vater seiner Pfarrkinder, die ihm zuliebe oft von weither kamen, um eine Messe zu hören.

Aber der Pfarrer und der Feldhüter mußten schließlich Partei ergreifen, auch wenn es ihnen über lange Zeit gelungen war, neutral zu bleiben. So hielt es also der Kaiser mit den Mahés, während Abbé Radiguet die Floches unterstützte. Und daraus ergaben sich einige Komplikationen. Da der Kaiser ein eintöniges Leben führte und es müde war, die Boote zu zählen, die Grandport verließen, kam er auf die Idee, den Dorfpolizisten zu spielen. Aus einem gewissen Instinkt zur Aufrechterhaltung der sozialen Ordnung war er ein Parteigänger der Mahés geworden, gab Fouasse gegenüber Tupain recht, versuchte die Frau von Rouget in flagranti mit Brisemotte zu ertappen und drückte ein Auge zu, wenn er Delphin um Margot herumschleichen sah. Das Schlimmste aber war, daß dieses Verhalten zu heftigen Auseinandersetzungen führte zwischen dem Kaiser und seinem Vorgesetzten, dem Bürgermeister La Queue. Respektvoll hörte er sich dabei die Vorwürfe seines Dienstherrn an, um anschließend weiterzumachen wie zuvor, was die öffentliche Ordnung in Coqueville ziemlich durcheinander brachte. Man konnte nie an dem mit der Bezeichnung ›Bürgermeisteramt‹ geschmückten Häuschen vorbeigehen, ohne das Geschrei einer heftigen Auseinandersetzung zu vernehmen. Der Abbé Radiguet andererseits, der sich den siegreichen Floches angeschlossen hatte, die ihn mit herrlichen Makrelen überhäuften, ermutigte im Stillen Rougets Frau in ihrem Treiben und drohte Margot mit den Flammen der Hölle, wenn sie sich jemals von Delphin auch nur mit den Fingerspitzen berühren ließe.

Alles in allem herrschte vollkommene Anarchie, die uniformierte rebellierte gegen die gesetzliche Gewalt, die Kirche machte gemeinsame Sache mit der genußsüchtigen Bourgoisie, ein ganzes Dorf von einhundertachtzig Einwohnern, umgeben von einem unermeßlichen Meer und einem unendlichen Himmel, drohte sich gegenseitig zu verschlingen.

Nur Delphin bewahrte in diesem Durcheinander sein verliebtes Lächeln. Alles war ihm gleichgültig, wenn nur Margot seine Frau würde. Er wartete auf sie sozusagen mit der Schlinge, wie bei der Hasenjagd. Aber trotz seiner ausgelassenen Natur blieb er sehr besonnen; er wollte vom Pfarrer getraut werden, damit das Vergnügen immer währe.

Eines Abends erhob Margot endlich ihre Hand gegen Delphin, als er ihr an einem schmalen Weg auflauerte. Aber sie errötete tief, als dieser, ohne die Ohrfeigen abzuwarten, die erhobene Hand festhielt und diese wie rasend küßte.

Und als sie erzitterte, fragte er sie leise: »Ich liebe dich. Willst du meine Frau werden?«

»Niemals«, rief sie empört.

Er zuckte mit den Achseln; dann sagte er ruhig und zärtlich: »Sag doch das nicht ... Wir beide werden sehr glücklich sein. Du wirst schon sehen, wie sehr.«

2

Es war ein Sonntag und abscheuliches Wetter, eines dieser plötzlichen Septembergewitter, die an der felsigen Küste von Grandport einen schrecklichen Sturm entfesseln. Als der Tag sich neigte, sah man draußen ein Schiff in Seenot. Aber es wurde sehr schnell dunkel und an Hilfe war nicht mehr zu denken. Die Zéphir und die Balaine hatten bereits am Abend zuvor in dem kleinen, linkerhand vom Strand zwischen zwei Granitfelsen liegenden Hafen festgemacht. Weder La Queue noch Rouget hatten sich hinausgewagt. Unglücklicherweise hatte sich auch noch Monsieur Mouchel, der Bevollmächtigte der Witwe Dufeu, die Mühe gemacht, am Samstag persönlich vorbeizukommen, um eine Prämie in Aussicht zu stellen für den Fall, daß ein wirklich ernsthafter Versuch zum Fischfang gemacht würde. Denn die Vorräte waren ausgegangen, und in den Hallen beklagte man sich. So ging man in Coqueville am Sonntag abend übelgelaunt zu Bett, voller Groll gegen die ununterbrochenen Sturmböen. Es war immer die gleiche Geschichte: die Bestellungen kamen gerade dann, wenn das Meer die Fische nicht herausgab. Und das ganze Dorf sprach von jenem Schiff, welches man draußen im Sturm gesehen hatte und welches in diesem Augenblick sicher bereits auf dem Grund des Meeres lag.

Am Montag morgen war der Himmel noch immer verhangen. Das Meer ging weiterhin hoch und wollte sich nicht beruhigen, wenn auch der

Wind etwas nachgelassen hatte. Er hörte schließlich ganz auf, während die Wellen wütend weitertobten. Dennoch liefen die beiden Boote am Nachmittag aus. Gegen vier Uhr kam die Zéphir zurück, ohne etwas gefangen zu haben. Während sie von den beiden Matrosen Tupain und Brisemotte in dem kleinen Hafen festgemacht wurde, stand La Queue wütend am Strand und drohte der See mit seinen Fäusten. Und Monsieur Mouchel, der immer noch warten mußte! Auch Margot war da und mit ihr halb Coqueville. Sie beobachtete die letzten Ausläufer des Sturms und nahm teil am Zorn ihres Vaters gegen das Meer und den Himmel.

»Wo ist denn die Balaine?« fragte jemand.

»Da draußen, hinter der Landspitze«, sagte La Queue. »Wenn dieses Wrack heute heil zurückkommt, dann kann es von Glück reden.« Er war voller Verachtung und meinte, daß es für die Mahés ganz in Ordnung sei, ihr Leben auf diese Weise zu riskieren; wenn man keinen Pfennig zum Leben habe, könne man auch gleich krepieren. Er selbst zöge es vor, Monsieur Mouchel eine Absage zu erteilen.

Unterdessen beobachtete Margot unverwandt die Felsspitze, hinter der sich die Balaine befinden mußte.

»Vater«, fragte sie schließlich, »könnten sie etwas gefangen haben?«

»Die«, rief er aufgebracht, »wie sollten sie!«

Und als er den Kaiser grinsen sah, fügte er etwas ruhiger hinzu:

»Ich weiß nicht, ob sie etwas gefangen haben, aber da sie ja niemals etwas fangen…«

»Vielleicht haben sie aber gerade heute etwas gefangen«, sagte der Kaiser etwas bissig. »Könnte ja sein.«

La Queue wollte eine wütende Antwort geben, aber Abbé Radiguet, der gerade hinzugekommen war, besänftigte ihn. Vom Kirchturm aus hatte der Abbé die Balaine entdeckt. Das Boot schien die Jagd nach irgendeinem besonders großen Fisch aufgenommen zu haben. Diese Neuigkeit erregte ganz Coqueville. Unter der Menschenansammlung am Strand waren es natürlich die Mahés, die hofften, daß das Boot mit einem wunderbaren Fang zurückkehren möge, während die Floches geradezu darum beteten, daß es leer zurückkomme.

Margot stand hochaufgerichtet und ließ das Meer nicht aus den Augen.

»Dort sind sie«, sagte sie dann einfach. Und tatsächlich sah man hinter der Felsspitze einen schwarzen Punkt. Alle blickten hinüber. Es sah aus, als würde ein Korken auf dem Wasser tanzen. Der Kaiser sah überhaupt nichts. Man mußte schon aus Coqueville sein, um aus dieser Entfernung die Balaine und ihre Besatzung zu erkennen.

»Seht nur!« rief Margot, die schärfere Augen hatte als die andern, »Fouasse und Rouget rudern und der Kleine steht vorn.«

Sie sprach von Delphin immer nur als dem ›Kleinen‹, um ihn nicht beim Namen nennen zu müssen. Und von da an verfolgte man genau den Kurs des

Bootes und versuchte sich seine seltsamen Bewegungen zu erklären. Wie der Pfarrer schon gesagt hatte, schien es nach irgendeinem Fisch zu jagen, der gerade vor ihnen herschwimmen mußte. Alles war überaus merkwürdig. Der Kaiser vermutete, daß ihnen das Netz weggerissen wurde, aber La Queue erklärte, es seien Faulpelze, die sich lediglich amüsieren wollten. Im übrigen glaube er nicht, daß sie Robben fingen! Alle Floches lachten laut über diesen Witz, während die Mahés verärgert entgegneten, daß Rouget auf jeden Fall ein mutiger Kerl sei, der sein Leben riskiere, während sich andere beim geringsten Wind hinter dem Ofen versteckten. Abbé Radiguet mußte ein weiteres Mal einschreiten, um eine Prügelei zu verhindern.

»Was machen sie denn?« rief plötzlich Margot, »jetzt kehren sie ja wieder um!«

Man hörte auf zu streiten, und alle spähten zum Horizont. Wieder war die Balaine hinter die Felsspitze verschwunden. Jetzt wurde selbst La Queue unruhig. Er konnte sich dieses seltsame Manöver nicht erklären. Die Angst, Rouget könne wirklich einen großen Fang machen, brachte ihn ganz außer sich. Niemand verließ den Strand, obwohl man nichts besonderes mehr sehen konnte. Weitere zwei Stunden vergingen mit Warten. Manchmal tauchte das Boot kurz auf, dann verschwand es wieder. Schließlich sah man es überhaupt nicht mehr. La Queue erklärte, daß es untergegangen sein mußte und, wütend wie er war, schien er diesen schändlichen Wunsch tatsächlich in seinem Innern zu hegen. Und da gerade Rougets Frau neben Brisemotte stand, grinste er sie beide an, während er Tupain auf die Schultern klopfte, um ihn schon jetzt über den Tod seines Bruders Fouasse zu trösten. Aber das Lachen verging ihm, als er seine Tochter Margot erblickte, die wie versteinert dastand, die Augen starr in die Ferne gerichtet. Sie wird sich doch nicht etwa Sorgen um Delphin machen!

»Was hast du denn hier zu suchen!« fuhr er sie an, »sieh zu, daß du nach Hause kommst ... Nimm dich in acht, Margot!«

Sie rührte sich nicht. Dann rief sie plötzlich: »Ah, da sind sie ja!«

Alle schrien überrascht auf. Margot mit ihren guten Augen schwor, daß sie niemanden in dem Boot entdecken könne. Weder Rouget noch Fouasse, keine Menschenseele. Die Balaine trieb wie aufgegeben dahin, drehte sich und schaukelte träge auf den Wellen. Glücklicherweise war Westwind aufgekommen, der sie allmählich gegen das Land trieb, allerdings in höchst eigenartigen Schlingerbewegungen. Jetzt war ganz Coqueville am Strand. Die einen riefen die andern und nicht eine Frau blieb mehr zu Hause, um nach der Suppe zu sehen. Eine Katastrophe lag in der Luft, etwas Geheimnisvolles und Unbegreifliches. Marie, die Frau von Rouget, hielt es nach einem kurzen Augenblick der Besinnung für geboten, in Tränen auszubrechen. Tupain gelang es, ein einigermaßen betroffenes Gesicht zu machen. Die Mahés waren verzweifelt und die Floches konnten vor Freude nur mit Mühe an sich halten. Margot aber war zu Boden gesunken, als hätte man ihr die Beine zerschlagen.

»Was machst du denn jetzt schon wieder!« schrie La Queue.

»Ich bin müde«, antwortete sie nur.

Und sie wandte ihr Gesicht weiter dem Meer zu. Den Kopf zwischen die Hände gestützt, die Augen hinter den Fingerspitzen verborgen, heftete sie ihren Blick fest auf das Boot, welches sich so schwerfällig näherte, als wäre es betrunken.

Unterdessen überschlugen sich die Vermutungen geradezu. Vielleicht waren die drei Männer ins Wasser gefallen. Aber alle drei auf einmal, das wäre doch zu unwahrscheinlich. La Queue behauptete, daß die Balaine wie ein faules Ei einfach auseinandergefallen sei; aber das Boot schwamm ja noch, also zuckte man bloß mit den Schultern. Dann erinnerte er sich daran, daß er Bürgermeister war und begann, sollten die drei Männer wirklich umgekommen sein, über Formalitäten zu sprechen.

»Hören Sie doch auf damit!« rief der Kaiser, »auf so dumme Weise ertrinkt man nicht! Wären sie ins Wasser gefallen, dann wäre der kleine Delphin längst hier!«

Ganz Coqueville stimmte dem zu, denn Delphin schwamm wie ein Fisch. Aber wo könnten die drei dann sein? Man schrie durcheinander: »Und ich sage dir, daß...! Und ich sage dir, daß nicht...! Dummkopf...! Selber einer...!« Und schließlich wurde man sogar handgreiflich. Wieder mußte Abbé Radiguet mit einem dringenden Appell einschreiten, während der Kaiser versuchte, mit einigen Rippenstößen die Ordnung wiederherzustellen. Unterdessen tanzte das Boot, ohne sich zu eilen, vor den Augen der Leute umher, als wolle es sich über sie lustig machen. Die Flut trieb es langsam mit stampfenden Bewegungen heran, und es sah ganz so aus, als begrüße es die wartende Menge mit tiefen Verbeugungen. Das Boot schien sie wirklich alle zum Narren zu halten.

Margot blickte noch immer hinaus, das Gesicht in die Hände gestützt. Ein Kahn kam jetzt aus dem Hafen herausgerudert, um der Balaine entgegenzufahren. Es war Brisemotte, der nicht länger geduldig warten wollte und der vielleicht auch der Frau von Rouget Gewißheit verschaffen wollte. Von jetzt an beobachtete ganz Coqueville nur noch diesen Kahn. Die Stimmen wurden lauter. Was ist? Kann er schon etwas erkennen? Die Balaine trieb heran in ihrer merkwürdig beschwipsten Weise. Endlich sah man, wie sich Brisemotte aufrichtete und in das Boot, dessen Ankertau er festhielt, hineinsah. Alle hielten den Atem an. Und da, plötzlich, brach er in schallendes Gelächter aus. Was für eine Überraschung! Worüber machte er sich bloß lustig?

»Was ist? Was gibt es denn?« schrie man ihm wütend zu.

Aber er, ohne zu antworten, lachte noch lauter. Er machte einige Handbewegungen, als wolle er sagen: ihr werdet schon sehen. Dann, nachdem er die Balaine an seinem Kahn festgemacht hatte, schleppte er sie an Land. Und nun erlebte Coqueville ein wirklich unvorhergesehenes Spektakel.

Im Boot lagen die drei Männer Rouget, Delphin und Fouasse einträchtig nebeneinander ausgestreckt, laut schnarchend und total betrunken. Zwischen ihnen lagen einige Fäßchen, die sie aus dem Meer gezogen haben mußten. Darunter auch ein geöffnetes, von dem sie offenbar gekostet hatten. Zweifellos war der Inhalt ausgezeichnet, denn sie hatten es völlig ausgetrunken, bis auf einen kleinen Rest, der sich im Boot mit Meerwasser vermischt hatte.

»Oh, das Schwein«, schrie plötzlich Rougets Frau und hörte auf zu flennen.

»Naja, die haben ja einen sauberen Fang gemacht!« sagte La Queue und heuchelte großen Abscheu.

»Allerdings!« antwortete der Kaiser, »jeder fischt so gut er kann. Sie haben immerhin ein Fäßchen erwischt, während die andern überhaupt nichts gefangen haben.«

Der Bürgermeister schwieg verärgert, während das übrige Coqueville in Zetergeschrei versank. Jetzt verstand man die ganze Geschichte. Wenn Boote besoffen sind, dann tanzen sie geradeso wie die Menschen es tun; und dieses hier hatte wahrhaftig den ganzen Bauch voll Likör. So ein Luder! Taumelt auf dem Ozean wie ein Betrunkener, der nicht mehr nach Hause findet! Und Coqueville lachte oder ärgerte sich. Die Mahés fanden es komisch, und die Floches fanden es empörend. Man umringte die Balaine, reckte die Hälse und machte große

Augen, um sich anzusehen, wie diese drei Kerle mit glückseliger Miene schlummerten, ohne sich um die Menschenmenge zu kümmern, die sich über sie beugte. Weder die Flüche noch das Gelächter störten sie auch nur im geringsten. Rouget hörte nicht, wie seine Frau ihn einen Säufer schimpfte. Fouasse spürte nicht die heimlichen Fußtritte, die ihm sein Bruder Tupain in die Seite verpaßte. Und was Delphin betraf, so war er in seinem betrunkenen Zustand richtig hübsch anzusehen, mit seinen blonden Haaren, seinen rosigen Wangen und seinem glückseligen Lächeln. Margot war aufgestanden und betrachtete den Kleinen schweigend und streng.

»Bringt sie zu Bett«, rief jemand.

Genau in diesem Augenblick öffnete Delphin die Augen und ließ seinen Blick entzückt über die Menge schweifen. Von allen Seiten bestürmte man ihn jetzt mit Fragen, was ihn sichtlich betäubte, denn er war noch immer völlig betrunken.

»Was? Wie?« stammelte er. »Kleines Fäßchen... Keine Fische... Haben kleines Fäßchen gefangen.« Mehr war nicht aus ihm herauszubringen. Nach jedem Satz sagte er nur: »Was Feines...«

»Aber was war drin in dem Faß?« fragte man ungeduldig.

»Weiß nicht... Was Feines...«

Coqueville brannte geradezu vor Neugier. Jeder schnüffelte mit seiner Nase im Boot herum. Man war sich einig, daß es nach Likör roch. Nur, welche Sorte, das wußte keiner. Der Kaiser, der sich rühmte, schon alles getrunken zu haben, was Menschen überhaupt trinken können, erklärte sich zu einer Begutachtung bereit. Gemessen entnahm er mit der hohlen Hand ein wenig von der Flüssigkeit, die am Boden schwappte. Die andern verstummten erwartungsvoll. Aber nachdem der Kaiser einen Schluck genommen hatte, schüttelte er den Kopf, als ob er noch kein Urteil abgeben könne. Er probierte noch zweimal, wurde aber immer unschlüssiger und machte ein unsicheres und überraschtes Gesicht. Schließlich verkündete er: »Ich weiß nicht recht... Es ist wirklich merkwürdig... Wenn da kein Meerwasser dabei wäre, würde ich es sofort erkennen... Auf mein Ehrenwort, es ist sehr merkwürdig!«

Alle sahen sich an und waren überrascht, daß selbst der Kaiser kein Urteil wagte. Ganz Coqueville betrachtete jetzt das leere Fäßchen mit Respekt.

»Was Feines...«, sagte Delphin noch einmal und schien sich über die ganze Gesellschaft lustig zu machen.

Dann wies er mit einer großen Geste zum Meer und fügte hinzu: »Wenn ihr sowas wollt, es gibt noch mehr davon...ich habe sie gesehen...kleine Fässer...kleine Fässer...kleine Fässer.«

Und während er diesen Refrain vor sich hinträllerte, blickte er zärtlich auf Margot. Er hatte sie in diesem Augenblick erst entdeckt. Wütend hob sie die Hand; aber er schloß nicht einmal die Augen, sondern schien der drohenden Ohrfeige hingebungsvoll entgegenzusehen.

Auch Abbé Radiguet war jetzt auf diesen unbekannten Genuß neugierig geworden, tauchte ebenfalls den Finger in das Boot ein und probierte. Wie der Kaiser schüttelte er den Kopf; nein, es sei sehr erstaunlich, aber er wisse auch nicht, was das sei. Man war sich nur in einem Punkt einig: das Faß mußte von dem in Seenot geratenen Schiff stammen, das man am Sonntag abend gesehen hatte. Englische Schiffe brachten nämlich öfter Likör und auserlesenen Wein nach Grandport.

Allmählich wurde es Abend und man ging nach Hause. Aber La Queue blieb zurück, umgetrieben von einem Gedanken, der ihn nicht loslassen wollte. Als man Delphin davontrug, hörte er noch einmal dessen singende Stimme: »Kleine Fässer…kleine Fässer…kleine Fässer…gibt noch mehr davon.«

3

In dieser Nacht schlug das Wetter um. Als Coqueville am Morgen erwachte, strahlte die Sonne, und das Meer lag spiegelglatt wie ein großes Tuch grüner Seide. Es war einer dieser warmen, hellen Herbsttage.

La Queue erhob sich, noch ganz verwirrt von seinen nächtlichen Träumen. Lange blickte er auf das Meer hinaus. Schließlich erklärte er verdrießlich, daß man nun endlich Mouchel zufriedenstellen müsse. Dann machte er sich umgehend mit Tupain und Brisemotte auf den Weg, nicht ohne zuvor Margot mit Hieben zu drohen, falls sie nicht pariere. Als die Zéphir aus dem Hafen lief und er die

Balaine erblickte, die an ihrem Ankerplatz ruhig vor sich hindümpelte, hellte sich seine Miene etwas auf und er rief:

»Heute habt ihr Pech gehabt!... Lösche die Kerzen, Jeanneton, die Herren haben sich zur Ruhe begeben!«

Als die Zéphir auf offener See war, warf La Queue die Netze aus. Dann suchte er seine Reusen nach gefangenen Langusten ab. Aber trotz des ruhigen Meeres, war eine um die andere leer. Nur in der letzten fand er, wie zum Hohn, eine kleine Makrele, die er wütend wieder ins Meer zurückwarf. Es war wie verhext; es gab Wochen wie diese, in denen schienen sich die Fische über Coqueville geradezu lustig zu machen, und selbstverständlich immer gerade dann, wenn Mouchel wieder Bedarf hatte. Als La Queue eine Stunde später seine Netze wieder einzog, holte er nichts weiter herauf als eine Handvoll Algen. Jetzt begann er zu fluchen und die Fäuste zu ballen, umso mehr als der Ozean unbeeindruckt und in unerschütterlicher Ruhe silberhell unter dem blauen Himmel glänzte. Langsam und ohne zu schwanken glitt die Zéphir dahin. Schließlich entschloß sich La Queue umzukehren, nachdem er seine Netze wieder ausgespannt hatte. Am Nachmittag würde er noch einmal nachsehen, und er drohte dabei Gott und den Heiligen mit abscheulichen Lästerungen.

Rouget, Fouasse und Delphin schliefen währenddessen noch immer. Erst zur Frühstückszeit konnte man sie wieder auf die Beine stellen. Sie erinnerten sich an nichts mehr, außer daß sie etwas überaus Feines genossen hatten, von dem sie aber nicht sagen konnten, was es war. Am Nachmittag, als sie alle drei am Hafen standen und wieder zur Besinnung gekommen waren, versuchte sie der Kaiser auszufragen. War es etwa eine Art Schnaps mit einem Schuß Lakritzensaft, oder vielleicht auch so etwas wie gezuckerter und gebrannter Rum? Sie sagten mal ja, mal nein. Aus ihren Antworten schloß der Kaiser, daß es eine Art Likör gewesen sein mußte, aber ganz sicher war er nicht. An diesem Tag fühlten sich Rouget und seine Leute nicht fähig, auf Fischfang zu gehen. Schließlich wußten sie auch, daß La Queue an diesem Morgen draußen gewesen war, ohne etwas zu fangen, und sie beschlossen, bis zum nächsten Morgen zu warten. So saßen sie alle drei am Ufer und blickten aufs Meer, zusammengekauert, mit noch klebrigem Mund und halb schlafend.

Aber plötzlich wurde Delphin hellwach. Er sprang auf einen Stein, blickte aufs Meer hinaus und schrie:

»Seht nur ... da draußen!«

»Was denn?« fragte Rouget und reckte sich.

»Ein Faß!«

Rouget und Fouasse sprangen sogleich auf und suchten mit glänzenden Blicken den Horizont ab.

»Wo denn, mein Junge, wo ist ein Faß?« wiederholte Rouget aufgeregt.

»Dort, links, der schwarze Punkt.«

Die andern sahen nichts. Plötzlich stieß Rouget einen Fluch aus: »Verdammt, ja.«

Er hatte das Faß entdeckt; es sah aus wie eine Linse auf blanker See im Glanz der untergehenden Sonne. Sofort rannte er zur Balaine, gefolgt von Delphin und Fouasse, die Hals über Kopf hinterherstürzten, so daß die Kieselsteine unter ihren Fersen auseinanderstoben.

Die Balaine verließ bereits den Hafen, als die Nachricht von dem gesichteten Faß sich in Coqueville verbreitete. Kind und Kegel waren sofort auf den Beinen und alles schrie: »Ein Faß! Ein Faß!... Könnt ihr es sehen? Es treibt Richtung Grandport. Ja, da links... Ein Faß! Macht schnell!«

Und ganz Coqueville stürzte hinunter zum Ufer, die Kinder purzelten hinterher, und die Frauen rafften ihre Röcke mit beiden Händen, um schneller voranzukommen. Und wie am Tage zuvor versammelte man sich wieder am Strand.

Margot tauchte einen Augenblick auf; dann rannte sie so schnell sie konnnte nach Hause, wo sie ihren Vater benachrichtigen wollte, der sich gerade mit dem Kaiser über ein Protokoll stritt. Schließlich erschien auch La Queue am Ufer. Er war sehr blaß als er zum Feldhüter sagte: »Lassen Sie mich endlich in Ruhe... Das war Rouget, der sie zu mir geschickt hat, damit ich mit Ihnen meine Zeit vertrödle. Aber dieses Fäßchen wird er nicht bekommen. Das werden Sie schon sehen.«

Als er die Balaine bereits dreihundert Meter voraus entdeckte, die sich mit kräftigen Ruderschlägen dem in der Ferne schaukelnden schwarzen Punkt näherte, verdoppelte sich seine Wut. Er stieß Tupain und Brisemotte in die Zéphir und während sie den Hafen verließ, wiederholte er immer wieder: »Nein, sie werden es nicht kriegen, und wenn ich verrecke!«

Jetzt hatte Coqueville ein großartiges Schauspiel, einen erbitterten Wettlauf zwischen der Zéphir und der Balaine. Als diese sah, wie die andere den Hafen verließ, erkannte sie sofort die Gefahr und beschleunigte das Tempo. Sie mochte etwa vierhundert Meter voraus sein, aber die Chancen waren für beide gleich, denn die Zéphir war wesentlich leichter und schneller. Auch die Aufregung am Ufer erreichte ihren Höhepunkt. Die Mahés und die Floches hatten ganz natürlich zwei Gruppen gebildet und verfolgten mit leidenschaftlichen Zurufen den Verlauf des Wettkampfes. Zunächst war die Balaine im Vorteil, aber als die Zéphir ihre volle Fahrt aufgenommen hatte, konnte man sehen, wie sie nach und nach aufholte. Die Balaine machte noch einmal eine gewaltige Anstrengung und schien damit für einige Minuten ihren Vorsprung zu halten. Aber dann war der Widerstand gebrochen; die Zéphir holte mit außerordentlicher Geschwindigkeit auf, und nun gab es keinen Zweifel mehr, daß die beiden Boote das Faß gleichzeitig erreichen würden. Wer jetzt nur den kleinsten Fehler machte, der hatte den Sieg verspielt.

»Die Balaine, die Balaine!« schrien die Mahés.

Aber gleich darauf verstummten sie wieder. Gerade als die Balaine das Faß zu erreichen schien, wurde sie in einem beherzten Manöver von der Zéphir geschnitten, wodurch das Faß nach links geschleudert wurde und sofort von La Queue mit einem Bootshaken an Bord gezogen wurde.

»Die Zéphir, die Zéphir!« brüllten die Floches. Und als der Kaiser von Verrat sprach, gab es einen ziemlich heftigen Wortwechsel. Margot klatschte in die Hände. Abbé Radiguet, der mit seinem Brevier herbeigekommen war, machte eine tiefsinnige Bemerkung, die für umgehende Ruhe und Bestürzung sorgte.

»Sie werden es vielleicht ganz alleine austrinken«, murmelte er mit wehmütigem Gesicht.

Draußen auf dem Meer brach zwischen der Balaine und der Zéphir ein heftiger Streit aus. Rouget nannte La Queue einen Dieb, während dieser ihn für einen Taugenichts erklärte. Man wollte sogar mit den Rudern aufeinander losgehen und es fehlte nicht viel und das Geplänkel wäre zu einer regelrechten Seeschlacht ausgeartet. Schließlich zeigten sie sich ihre Fäuste und drohten, bei nächster Gelegenheit sich an Land gegenseitig die Bäuche aufzuschlitzen.

»Kanaille«, brummte Rouget, »das Faß ist nämlich viel größer als das von gestern, müßt ihr wissen... Es ist gelb und es ist bestimmt etwas ganz Wunderbares drin.« Dann fügte er leicht verzweifelt hinzu: »Kommt, laßt uns nach den Reusen sehen, vielleicht sind einige Langusten drin.« Dann entfernte sich die Balaine schwerfällig und steuerte auf die Landspitze zur Linken zu.

La Queue konnte Tupain und Brisemotte in der Zéphir nur mit Mühe von dem Faß fernhalten. Es hatte vom Bootshaken ein kleines Loch bekommen, aus dem nun eine rote Flüssigkeit sickerte, die von den beiden Männern mit der Fingerspitze gekostet und für ausgezeichnet befunden wurde. Man könnte doch ein kleines Gläschen davon trinken, das hätte doch keinerlei Folgen. Aber La Queue weigerte sich. Er verstaute das Faß im Boot und erklärte, daß, wer versuche, daran zu schlecken, es mit ihm zu tun bekomme. An Land würde man dann weitersehen.

»Also, sollen wir dann jetzt die Reusen nachsehen?« fragte Tupain mürrisch.

»Ja, gleich, es hat keine Eile«, antwortete La Queue. Auch er liebkoste das Fäßchen mit Blicken. Er fühlte sich ziemlich matt und hatte größte Lust, sofort umzukehren und das Ding zu kosten. Der Gedanke an die Fische war ihm jetzt eher lästig.

»Bah«, sagte er schließlich nach kurzem Schweigen, »kehren wir um, es ist schon ziemlich spät... Wir werden morgen wieder hinausfahren.« Und als er ein weiteres, diesmal viel kleineres Fäßchen zu seiner Rechten entdeckte, welches aufrecht im Wasser stand und sich wie ein Kreisel um sich selbst drehte, da waren Netze und Reusen vergessen und vom Fischfang keine Rede mehr. Die Zéphir machte Jagd auf das kleine Fäßchen, welches dann auch mühelos an Bord geholt werden konnte.

Auch auf der Balaine ereignete sich unterdessen ein ähnliches Abenteuer. Als Rouget gerade die fünfte, vollkommen leere Reuse untersucht hatte, rief Delphin, der ständig auf der Lauer lag, daß er etwas entdeckt habe. Aber es sah nicht aus wie ein Faß, dazu war es zu lang.

»Es ist ein Balken«, sagte Fouasse.

Rouget ließ seine sechste Reuse, noch bevor sie über Wasser gezogen war, wieder zurückfallen.

»Sehen wir es uns auf alle Fälle einmal an«, sagte er.

Während sie näher kamen, hielten sie es abwechselnd für ein Brett, eine Kiste oder einen Baumstamm. Schließlich stießen sie einen Freudenschrei aus. Es war doch ein Faß, aber ein so sonderbares, wie sie es noch nie gesehen hatten. Es glich einem in der Mitte aufgeblasenen Schlauch, der an beiden Enden durch eine glatte Fläche geschlossen schien.

»Was für ein komisches Ding«, rief Rouget hingerissen. »Das muß unbedingt der Kaiser probieren... Leute, nichts wie nach Hause.«

Sie vereinbarten, es bis dahin nicht anzurühren, und die Balaine kehrte fast gleichzeitig mit der Zéphir wieder in den kleinen Hafen von Coqueville zurück.

Alle Neugierigen hatten bis jetzt am Strand ausgeharrt, und der unerwartete Fang von drei Fässern wurde mit einem Freudengeheul begrüßt. Die Burschen warfen ihre Mützen in die Höhe, während die Frauen davonstürzten, um Gläser zu holen. Es wurde beschlossen, die Flüssigkeit gleich an Ort und Stelle zu kosten. Da Strandgut immer dem ganzen Dorf gehörte, wurde auch kein Widerspruch laut. Aber es bildeten sich zwei Gruppen: die Mahés umringten Rouget, während sich die Floches um La Queue drängten.

»Kaiser, für Sie ist das erste Glas!« rief Rouget. »Sagen Sie uns, was das ist!«

Der Likör hatte eine schöne goldgelbe Farbe. Der Feldhüter erhob das Glas, betrachtete den Inhalt, schnupperte daran und entschloß sich endlich zu trinken.

»Das kommt aus Holland«, sagte er nach längerem Schweigen. Weiter war nichts aus ihm herauszubekommen. Die Mahés tranken mit Ehrfurcht. Das Getränk war ziemlich dickflüssig und hatte etwas überraschend Blumiges an sich. Die Frauen fanden es sehr gut, den Männern war es etwas zu süß. Aber dennoch zeigte es nach dem dritten oder vierten Glas bereits seine Wirkung. Je mehr man davon trank, desto besser schmeckte es. Die Mienen der Männer hellten sich auf, und die Frauen wurden ausgesprochen lustig.

Der Kaiser begann unter den Floches herumzustreichen, obwohl er erst kürzlich Streit mit dem Bürgermeister hatte. Das größere Faß war mit einem dunkelroten Likör gefüllt, während aus dem kleinen eine vollkommen klare Flüssigkeit zum Vorschein kam, die aber so stark war, daß sie wie Pfeffer auf der Zunge brannte. Keiner von den Floches wußte was es war, weder das rote noch das weiße. Natürlich gab es auch ein paar Schlaumeier. Aber es ärgerte sie gewaltig, sich an etwas gütlich zu tun, ohne genau zu wissen, was es war.

»Hören Sie, Kaiser, probieren Sie mir das mal«, sagte schließlich La Queue und machte damit den ersten Schritt.

Der Kaiser, der diese Aufforderung erwartet hatte, spielte erneut die Rolle des Sachverständigen. Von dem roten sagte er: »Da ist Orange drin!« Und beim weißen erklärte er: »Das ist ganz prima!«

Mit diesen Antworten mußte man sich zufrieden geben, denn er nickte entschieden mit dem Kopf und machte ein glückliches Gesicht, wie jemand, dessen Zuhörer ganz auf ihre Kosten gekommen sind.

Allein Abbé Radiguet schien nicht ganz überzeugt. Er wollte genau die Namen wissen und meinte, er hätte sie auf der Zunge, und, um sich genau darüber klar zu werden, trank er ein Gläschen nach dem anderen und wiederholte mehrmals: »Wartet, wartet, ich weiß genau, es ist... Gleich werde ich es euch sagen.«

Unterdessen ging es bei den Mahés und den Floches zusehends heiterer zu. Die Floches vor allem brachen ständig in Gelächter aus. Sie hatten die beiden Likörsorten miteinander vermischt und fanden daran ein ganz besonderes Behagen. Dennoch blieben die beiden Gruppen ganz unter sich. Sie boten sich gegenseitig nichts aus ihren Fässern an, warfen sich aber freundliche Blicke zu in dem unausgesprochenen Wunsch, einmal vom nachbarlichen, möglicherweise noch besseren Fäßchen zu probieren. Die verfeindeten Brüder Tupain und Fouasse saßen den ganzen Abend einander gegenüber, ohne sich die Fäuste zu zeigen. Man sah sogar Rouget und seine Frau aus dem gleichen Glas trinken. Margot wiederum schenkte den Likör bei den Floches ein, und wenn sie einmal zuviel eingoß und ihr der Likör über die Finger lief, dann leckte sie ihn regelmäßig ab. So gehorchte sie zwar ganz ihrem Vater, der ihr das Trinken untersagte, wurde aber dennoch allmählich berauscht, wie die Mädchen bei der Weinlese. Und es bekam ihr nicht schlecht, ganz im Gegenteil. Sie bekam rosige Bäckchen und ihre Augen strahlten wie zwei flackernde Kerzen.

Die Sonne ging unter. Es war ein milder Frühlingsabend. Coqueville hatte alle Fäßchen ausgetrunken und niemand dachte daran, zum Abendessen nach Hause zu gehen. Man fühlte sich glänzend und zufrieden hier am Strand. Als es dunkel wurde, fühlte Margot, die etwas abseits saß, einen warmen Atem ihren Nacken streifen. Es war Delphin, der äußerst vergnügt auf allen vieren, wie ein Wolf, hinter ihr her schlich. Sie unterdrückte einen Aufschrei, um ihren Vater nicht aufmerksam zu machen, der sonst unweigerlich Delphins Hinterteil mit einem Fußtritt traktiert hätte.

»Verschwinde, du Dummkopf«, flüsterte sie, halb verärgert, halb lachend, »du nimmst dir ein bißchen zuviel heraus.«

4

Als Coqueville am folgenden Tag erwachte, stand die Sonne bereits hoch am Himmel. Es war noch wärmer geworden und das Meer lag ruhig unter einem klaren Himmel. Es war einer jener Tage, die zum Faulenzen geradezu wie geschaffen sind. Es war Mittwoch. Bis zum Frühstück erholte sich Coqueville von dem Gelage des vergangenen Tages. Dann ging man hinunter zum Strand, um zu sehen, ob es etwas Neues gäbe.

An diesem Mittwoch waren der Fischfang, die Witwe Dufeu und Monsieur Mouchel vergessen. La Queue und Rouget sprachen auch nicht mehr von ihren Fischreusen. Gegen drei Uhr machte man draußen wieder einige Fässer aus, die in Sichtweite des Dorfes auf- und niedertanzten. Die Zéphir und die Balaine gingen sofort auf die Jagd, aber weil für beide genug vorhanden war, stritt man nicht lange herum, was wem gehöre.

Gegen sechs Uhr abends, als die kleine Bucht abgesucht war, kehrten Rouget und La Queue mit jeweils drei Fässern zurück. Und jetzt begann das Fest. Die Frauen hatten bereits Tische herbeigeholt, um es bequemer zu machen. Sogar Bänke wurden herangeschafft, und es entstanden zwei offene Strandcafés, wie man sie aus Grandport kannte. Die Mahés saßen links, die Floches rechts, lediglich durch einen Sandhügel voneinander getrennt. An diesem Abend ging der Kaiser von einer Gruppe zur andern, trug gefüllte Gläser hin und her, um jedermann von den sechs Fässern kosten zu lassen. Gegen neun Uhr war man bereits lustiger als am Abend zuvor. Und am nächsten Morgen wußte kein einziger mehr aus ganz Coqueville, wie er zu Bett gekommen war.

Am Donnerstag fischten die Zéphir und die

Balaine nur jeweils zwei Fässer, aber diese waren dafür besonders groß. Am Freitag übertraf der Fang alle Erwartungen: Sieben Fässer wurden an Land geholt, drei von Rouget und vier von La Queue. Und jetzt begann für Coqueville so etwas wie ein goldenes Zeitalter. Man tat überhaupt nichts mehr. Die Fischer tranken am Abend und schliefen ihren Rausch bis zum nächsten Mittag aus. Dann schlenderten sie zum Strand hinunter und suchten das Meer ab. Ihre einzige Sorge war, was für eine Sorte Likör die Flut heute wohl bringen mag. Sie harrten stundenlang und starrten hinaus, und wenn etwas auftauchte, stießen sie Freudenschreie aus. Die Frauen und Kinder standen oben auf den Felsen und signalisierten alles, was angetrieben wurde; sogar auf Algenbündel wurde mit großen Gesten hingewiesen. Und die Zéphir und die Balaine hielten sich bereit, sofort hinauszufahren. Sie durchkreuzten die Bucht und fischten Fäßchen wie man Thunfisch fängt, und sie schenkten den Makrelen, die lustig in der Sonne sprangen und den Seezungen, die sich auf der Wasseroberfläche wiegten, keinerlei Aufmerksamkeit mehr. Coqueville machte jetzt Fischfang auf eigene Art und Weise und wälzte sich dabei vor Vergnügen.

Besonders begeistert war man, daß die Fässer kein Ende zu nehmen schienen. War eines geleert, stand das nächste bereits zur Verfügung. Das untergegangene Schiff mußte eine hübsche Menge davon an Bord gehabt haben. Und Coqueville wurde selbstsüchtig und ausgelassen; ja, man scherzte sogar über das unglückliche Schiff und bezeichnete es als einen wahren Weinkeller, der ausgereicht hätte, alle Fische dieses Ozeans besoffen zu machen. Und nie fischte man zwei gleiche Fässer aus dem Meer. Sie hatten alle möglichen Formen, Größen und Farben, und jedes war wieder mit einer ganz anderen Flüssigkeit gefüllt. Auch der Kaiser verfiel in tiefe Nachdenklichkeit. Er, der doch vorgab, schon alles getrunken zu haben, kannte sich überhaupt nicht mehr aus. Und La Queue erklärte rundheraus, niemals eine vergleichbare Ladung gesehen zu haben. Abbé Radiguet vermutete die Order irgendeines Häuptlings der Wilden, der sich einen Weinkeller einrichten wolle. Schließlich gab man es auf, nach Erklärungen zu suchen und schwelgte nur noch in nie gekannten Genüssen.

Die Damen zogen den Likör vor. Es gab welchen mit Mokka-, Minz- oder Vanillegeschmack. Marie Rouget trank an einem Abend so viel Anisette, daß sie krank davon wurde. Margot und den anderen Mädchen stieg der Curaçao, der Benediktiner oder der Chartreuse zu Kopf. Den kleinen Kindern gab man von dem Johannisbeerlikör zu kosten, während sich die Männer natürlich mehr am Cognac, Rum oder Genever erfreuten. Manchmal gab es auch echte Überraschungen. So wunderte man sich sehr über ein Faß Raki, welches man zunächst für Terpentin hielt. Dennoch wurde es ausgetrunken, denn es sollte schließlich nichts verloren gehen; aber man sprach dann noch lange davon. Arak aus Batavia, Kümmelschnaps aus Schweden und serbischer Slibowitz: Coqueville bekam einen ganz neuen Begriff davon, was man alles schlucken konnte. Mit Vorliebe wurden dabei Kümmel und Kirsch und all die anderen Schnäpse getrunken, die einen Mann auf der Stelle umhauen können. War es möglich, daß es auf dieser Welt so viele herrliche Dinge geben konnte! In Coqueville kannte man bisher nur einfachen Branntwein, und den kannten nicht einmal alle. Die Phantasien wurden immer üppiger, man verfiel in eine wahre Andacht angesichts dieser schier unerschöpflichen Vielfalt an Trinkerfreuden. Sich jeden Abend an etwas anderem berauschen, von dem man nicht einmal den Namen kannte! Es war wie im Märchen: Aus einer Zauberquelle sprudelte das herrlichste Naß mit dem Aroma aller Blumen und Früchte dieser Erde.

Dann, am Freitagabend, wurden sieben Fässer angeschwemmt. Ganz Coqueville hielt sich jetzt, dank des milden Wetters, überhaupt nur noch am Strand auf. Noch nie hatte man eine so schöne Septemberwoche erlebt. Das Fest währte nun bereits seit Montag, und es gab überhaupt keinen Grund, weshalb es nicht ewig dauern sollte. Wenn die Vorsehung nur weiterhin ihre Fässer schickte. Denn Abbé Radiguet sah darin eindeutig ein höheres Walten. Die Arbeit blieb liegen; wozu sollte man sich abrackern, wenn das Glück im Schlaf kam. Man fühlte sich ganz und gar wohlhabend und trank teure Liköre, ohne sie bezahlen zu müssen. Die Hände in den Taschen sonnte sich Coqueville in Erwartung des neuerlichen abendlichen Gelages. Übrigens wurde man gar nicht mehr richtig nüchtern. Man genoß hintereinander den ausgelassenen Rausch des Kümmels und des Kirschwassers, und innerhalb einer Woche lernten sie die zornige Trunkenheit des Gins, die rührselige des Curaçao und die heitere des Cognacs kennen. Und Coqueville verharrte im unwissenden Zustand eines Neugeborenen und betrank sich mit dem, was offenbar der Liebe Gott geschickt hatte.

Am Freitag war es dann soweit, daß die Mahés und die Floches Brüderschaft tranken. Man war äußerst ausgelassen an diesem Abend. Schon am Abend zuvor hatten sich die Entfernungen verringert. Einige Volltrunkene hatten den Sandhügel niedergetrampelt, der die beiden Familien voneinander trennte. Es war nur noch der erste Schritt zu machen. Bei den Floches gingen die vier Fässer allmählich zur Neige und die Mahés waren ebenfalls gerade dabei, ihre drei Fäßchen leer zu trinken, deren jeweiliger Inhalt den Nationalfarben blau, weiß und rot entsprach. Besonders der blaue erfüllte die Floches mit einigem Neid, denn ein blauer Likör erschien ihnen als eine ganz besondere Gaumenfreude. La Queue, der in seinem Dauerrausch sehr leutselig geworden war, kam mit einem Glas in der Hand näher und gab zu verstehen, daß er nun als Amtsperson zum ersten Schritt bereit sei.

»Hör mal, Rouget«, brummte er, »willst du mit mir anstoßen?«

»Sehr gerne«, antwortete Rouget, der gerührt auf ihn zuwankte.

Und als sie sich gegenseitig um den Hals fielen, da weinten alle und waren tief bewegt. Die Mahés und die Floches, die sich seit drei Jahrhunderten fast aufgefressen hatten, umarmten sich nun. Abbé Radiguet war erschüttert und murmelte wieder etwas von der Vorsehung Gottes. Dann trank man sich mit den drei Likören zu, mit dem blauen, dem weißen und dem roten.

»Es lebe Frankreich!« rief der Kaiser.

Der blaue taugte nicht viel und der weiße war auch nichts besonderes, aber der rote war ganz hervorragend. Dann machte man sich über die Fässer der Floches her und fing schließlich an zu tanzen. Da es keine Musik gab, klatschten einige Burschen fröhlich in die Hände, pfiffen dazu und die Mädchen machten begeistert mit. Es war ein herrliches Fest. Die sieben Fässer wurden in einer Reihe aufgestellt, und jeder konnte trinken, was ihm am besten schmeckte. Wer genug hatte, streckte sich einfach auf dem Sand aus und machte ein Schläfchen; und wenn man dann aufwachte, wurde einfach wieder von vorne angefangen. Die übrigen erweiterten unterdessen ihren Tanzboden über den ganzen Strand hin. Bis Mitternacht vergnügte man sich im Freien. Das Meer rauschte leise und die Sterne strahlten über der friedlichen und heiteren Welt eines gleichsam wilden Stammes, der zum erstenmal mit Branntwein Bekanntschaft machte.

Schließlich aber begab sich Coqueville zum Schlafen nach Hause. Als alles leergetrunken war, stützten sich die Floches und die Mahés gegenseitig und schleppten sich recht und schlecht in ihre jeweiligen Betten. Am Samstag währte das Fest bis gegen zwei Uhr morgens. Man hatte sechs Fässer gefischt, darunter zwei besonders große. Dabei hätten sich Fouasse und Tupain beinahe geprügelt. Tupain sprach in seiner Volltrunkenheit davon, seinem Bruder den Garaus zu machen. Aber gegen diesen Streit wandten sich jetzt die Floches und die Mahés gleichermaßen. Wozu sich weiter streiten, wenn sich bereits das ganze Dorf umarmte? Man drängte die beiden Brüder, miteinander anzustoßen; aber sie blieben mürrisch, und der Kaiser nahm sich vor, ein Auge auf sie zu haben. Auch dem Ehepaar Rouget war nicht zu trauen. Nachdem Marie von dem Anisette gekostet hatte, begann sie Brisemotte mit Freundlichkeiten zu überhäufen, die Rouget nicht ruhig mit ansehen konnte, zumal auch er in seiner jetzigen Gefühlsseligkeit ganz gerne geliebt worden wäre. Und obwohl Abbé Radiguet salbungsvoll über das Verzeihen allen Unrechts predigte, befürchtete man doch einen Rückschlag.

»Ach was!« rief La Queue, »alles wird sich finden. Wenn der Fang morgen gut ist, dann werdet ihr schon sehen ... Auf euer Wohl!«

Dennoch war La Queue selbst noch nicht besonders friedfertig. Ständig spähte er nach Delphin und verpaßte ihm Fußtritte, sobald er sich Margot näherte. Der Kaiser mißbilligte dies und meinte, es mache doch keinen Sinn, zwei junge Menschen an ihrem Glück zu hindern. Aber La Queue schwor hoch und heilig, eher seine Tochter umzubringen als sie dem Kleinen zu überlassen. Im übrigen wolle ihn Margot ja gar nicht.

»Ist es nicht so? Du bist doch viel zu stolz«, schrie er. »Niemals wirst du einen Lumpen heiraten!«

»Nein, niemals, Papa«, antwortete Margot.

Am Samstag trank Margot eine ziemliche Menge von einem äußerst süßen Likör. Daß es so etwas Süßes überhaupt gab! Ehe sie sich versah, saß sie bereits dicht neben dem Fäßchen. Sie lachte selig vor sich hin und fühlte sich wie im Paradies. Sie betrachtete die Sterne und es schien ihr, als bewegten sich diese leise zu den Klängen einer Tanzweise. Gerade in diesem Augenblick glitt Delphin in den Schatten des Fäßchens, nahm ihre Hand und fragte: »Sag, Margot, willst du?«

Sie lächelte noch immer. Dann antwortete sie: »Papa ist es, der nicht will.«

»Oh, das macht nichts«, meinte der Kleine, »du weißt doch, die Alten wollen nie... Wenn du nur willst, du allein.«

Und er wurde immer mutiger und küßte sie schließlich sogar auf den Hals. Sie reckte sich leicht und Schauer liefen ihr über den Rücken.

»Hör auf, du kitzelst mich.«

Und da war keine Rede mehr von Ohrfeigen, die sie ihm verpassen wolle. Einmal war sie dazu gar nicht imstande, denn ihre Hände wollten ihr nicht mehr gehorchen, und dann taten sie ihr eigentlich ganz gut, diese zärtlichen Küsse auf ihren Hals. Sie waren so süß wie der Likör, den sie gerade gekostet hatte. Und endlich legte sie den Kopf nach hinten und streckte ihm das Kinn entgegen wie eine Katze, die gekrault werden möchte.

»Hier!« stammelte sie, »da, unter dem Ohr, das macht mich verrückt... Oh! Das ist gut!«

Die beiden hatten La Queue vollkommen vergessen. Aber glücklicherweise paßte der Kaiser auf. Er machte Abbé Radiguet auf die beiden aufmerksam und sagte: »Sehen sie nur Abbé... Es wäre besser, man würde sie verheiraten.«

»Im Namen der Sittlichkeit allemal«, erklärte der Priester salbungsvoll. Er wollte sich dieser Sache am nächsten Tag annehmen und mit La Queue sprechen. Dieser hatte unterdessen so viel getrunken, daß ihn der Kaiser und der Priester nach Hause tragen mußten. Unterwegs versuchten sie mit ihm über seine Tochter zu sprechen, aber außer einem Grunzen war nichts aus ihm herauszubekommen. Auch Margot wurde von Delphin schließlich nach Hause gebracht.

Am nächsten Tag um vier Uhr hatten die Zéphir und die Balaine bereits sieben Fässer gefischt. Um sechs Uhr holte die Zéphir noch zwei weitere an Bord. Das machte zusammen neun. Und nun beging Coqueville den Sonntag. Es war der siebte Tag des Trinkgelages. Und das Fest übertraf einfach alles. Nie zuvor hatte man ein solches Fest gesehen und nie wieder wird es ein solches Fest geben. Fragt nur einmal jemanden in der Normandie danach, und er wird lachen und euch antworten: »Ja, ja, das Fest in Coqueville!«

5

Schon seit Dienstag wunderte sich Monsieur Mouchel, daß sich weder Rouget noch La Queue in Grandport blicken ließen. Was zum Teufel mochten diese Kerle treiben? Das Meer war ruhig und zum Fischfang geeignet. Vielleicht wollten sie warten, bis sie eine größere Ladung Seezungen und Langusten beisammen hatten. So geduldete er sich noch bis Mittwoch.

Am Mittwoch wurde Monsieur Mouchel zornig. Man muß wissen, daß die Witwe Dufeu nicht einfach war. Sie war eine Frau, die schnell zu heftigen Worten greifen konnte. Wenn er auch ein gutaussehender blonder und stattlicher Junge war, so zitterte er doch vor ihr, um so mehr, als er davon träumte, sie eines Tages zu heiraten, um ihr dann mittels Ohrfeigen klar zu machen, wer der Herr im Hause sei.

Am Mittwochmorgen begann sie zu toben, weil die Lieferungen ausblieben, und sie beschuldigte ihn, den Weibern nachzulaufen, statt sich um die Makrelen zu kümmern, die es noch im Überfluß geben mußte. Monsieur Mouchel tat beleidigt und beschuldigte die Leute aus Coqueville der Unzuverlässigkeit. Überrascht schwieg die Witwe Dufeu einen Augenblick. Was fiel Coqueville eigentlich ein? So etwas hat es ja noch nie gegeben. Aber sogleich erklärte sie, daß sie auf Coqueville pfeife, daß dies seine Sache sei, und daß sie schon ihre Maßnahmen ergreifen werde, wenn er sich noch einmal von den Fischern an der Nase herumführen ließe. Monsieur Mouchel war äußerst beunruhigt und wünschte Rouget und La Queue zum Teufel. Aber vielleicht würden sie ja morgen kommen.

Aber auch am Donnerstag tauchte weder der eine noch der andere auf. Voller Verzweiflung stieg Mouchel gegen Abend auf jenen Felsen, von dem aus man in der Ferne Coqueville mit seinem gelben Strand sehen konnte. Lange sah er hinüber. Das Dorf lag friedlich im Sonnenschein und aus den Schornsteinen stieg Rauch. Zweifellos bereiteten die Frauen gerade das Abendessen. Monsieur Mouchel nahm zur Kenntnis, daß Coqueville noch am gleichen Fleck stand und daß es von keinem Bergrutsch verschüttet war. Er begriff überhaupt nichts mehr. Aber als er gerade wieder heruntersteigen wollte, glaubte er zwei schwarze Punkte in der Bucht ausmachen zu können, die Balaine und die Zéphir. Also konnte er die Witwe Dufeu beruhigen: Coqueville tat seine Arbeit.

Auch diese Nacht verging. Es war jetzt Freitag und wieder kam niemand aus Coqueville. Monsieur Mouchel stieg ein Dutzend mal auf seinen Felsen. Er war nahe daran, den Kopf zu verlieren und die Witwe Dufeu ging schändlich mit ihm um, ohne daß er etwas hätte erwidern können. Coqueville lag noch immer dort unten in der Sonne wie eine faule Eidechse. Nur Rauch sah man keinen mehr. Das Dorf schien wie ausgestorben. Sollten sie am Ende in ihren Löchern verreckt sein? Zwar gab es am Strand ein dunkles Gewimmel, aber das konnten auch angespülte Algen sein.

Am Samstag das gleiche. Die Witwe Dufeu tobte nicht mehr, ihr Blick war jetzt starr und ihre Lippen schneeweiß. Mouchel verbrachte zwei geschlagene Stunden auf dem Felsen. Neugier regte sich jetzt in ihm. Er wollte wissen, was diese seltsame Stille im Dorf zu bedeuten hatte. Diese albern in der Sonne dösenden Hütten gingen ihm allmählich auf die Nerven. Sein Entschluß war gefaßt: er würde am Montag in aller Frühe aufbrechen und versuchen, gegen neun Uhr morgens dort unten zu sein.

Es war kein Spaziergang, der Weg nach Coqueville. Monsieur Mouchel zog nämlich den Landweg vor, so konnte er im Dorf auftauchen, ohne daß man ihn vorher sehen würde. Er fuhr also zunächst bis Robigneux, wo er seinen Wagen in einer Scheune unterstellte. Weiter zu fahren wäre wegen der gefährlichen Schluchten nicht ratsam gewesen. Er schritt munter aus, denn er hatte noch sieben Kilometer anstrengenden Weges vor sich. Die Strecke ist übrigens von wildromantischer Schönheit; in zahllosen Windungen schlängelt sie sich zwischen zwei gewaltigen Felstürmen bergab und ist stellenweise so eng, daß man zu dritt nicht mehr nebeneinander gehen kann. Dann führt sie wieder an Abgründen vorbei, die sich unvermittelt öffnen und den Blick auf das Meer und seinen unermeßlichen blauen Horizont freigeben. Aber Monsieur Mouchel war nicht in der Stimmung, Naturschauspiele zu bewundern. Er fluchte, wenn ihm die Steine unter seinen Schuhen wegrutschten. Coqueville war an allem schuld und er schwor sich, diese Faulenzer ordentlich auf Trab zu bringen. Unterdessen war er fast am Ziel und als er den letzten Fels hinter sich hatte, lagen die zwanzig Häuser des Dorfes direkt vor ihm.

Es schlug neun Uhr. Juni hätte sein können, so blau war der Himmel, so herrlich war das Wetter mit seiner klaren, sonnigen und von einer frischen Meeresbrise durchsetzten Luft. Monsieur Mouchel ging die einzige Straße des Dorfes entlang und betrat das Haus von Rouget. Es war niemand da. Dann warf er einen Blick in das Haus von Fouasse, Tupain und Brisemotte. Auch hier keine Menschenseele. Alle Türen standen offen, aber niemand war zu sehen. Was hatte das zu bedeuten? Ein leiser Schauer überlief ihn. Dann dachte er an Coquevilles Autoritätspersonen; gewiß würde ihm der Kaiser Auskunft geben können. Aber auch dessen Haus war unbewohnt wie alle anderen; sogar der Feldhüter war verschwunden! Dieses verlassene und totenstille Dorf jagte ihm jetzt einen gehörigen Schrecken ein. Er stürzte zum Haus des Bürgermeisters. Aber dort erwartete ihn eine neue Überraschung. Der ganze Haushalt befand sich in einer schrecklichen Unordnung. Die Betten waren seit mindestens drei Tagen nicht mehr gemacht, überall lag schmutziges Geschirr herum und die umgestürzten Stühle ließen auf einen heftigen Kampf schließen. Monsieur Mouchel war fassungslos und dachte schon an eine Katastrophe. Er beschloß, die Kirche noch aufzusuchen. Aber der Pfarrer war ebensowenig anwesend wie der Bürgermeister. Weltliche und kirchliche Gewalt waren wie vom

Erdboden verschwunden. Coqueville glich einer Geisterstadt, ohne Hund und ohne Katze. Sogar die Hühner waren weg. Nichts war unter dem großen blauen Himmel außer lähmender Stille und bleiernem Schlaf.

Bei Gott! Kein Wunder, daß Coqueville keine Fische mehr lieferte! Coqueville wurde von einem Unglück heimgesucht und ist ausgestorben. Man mußte sofort die Polizei benachrichtigen. Diese geheimnisvolle Katastrophe stürzte Monsieur Mouchel in völlige Verwirrung. Aber als er schließlich noch auf die Idee kam, zum Strand hinunterzugehen, da stieß er plötzlich einen Schrei aus. Auf dem Sand hingestreckt lag die gesamte Einwohnerschaft. Er dachte zunächst an ein furchtbares Massaker. Aber die tiefen Schnarchlaute belehrten ihn schnell eines besseren. In der Nacht zum Sonntag hatte Coqueville so lange gefeiert, daß keiner mehr in der Lage war, zum Schlafen nach Hause zu gehen. So schlief man einfach dort ein, wo man auf dem Sand umgefallen war, umgeben von neun, bis auf den letzten Tropfen geleerten Fässern.

Jawohl, ganz Coqueville lag da und schnarchte. Kinder, Frauen, Greise und Männer. Keiner stand; sie lagen auf dem Bauch, auf dem Rücken oder zusammengerollt wie schlafende Hunde. Die Kerle hatten sich einfach in ihrer Trunkenheit fallen lassen und ähnelten jetzt einer Handvoll Laub, die der Wind zusammengefegt hatte. Einige der Männer waren nach hinten gekippt und lagen da mit dem Kopf nach unten und den Füßen nach oben, und einigen Frauen waren die Röcke über den Hintern gerutscht. Es war ein Bild voll Glückseligkeit, gerade so, als hätte es sich eine gutbürgerliche Familie unter freiem Himmel einmal ungeniert gemütlich gemacht. Denn solange man sich noch den geringsten Zwang antun muß, kann es eigentlich nie richtig vergnüglich werden.

Es war gerade Neumond. Ganz Coqueville hatte sich in dem Glauben niedergelegt, die Kerzen ausgeblasen zu haben. Dann brach der Tag an, die Sonne kam heraus und brannte schließlich senkrecht auf die Schläfer nieder, ohne daß diese auch nur mit der Wimper gezuckt hätten. Sie schliefen wie die Steine, mit den seligen und unschuldigen Gesichtern von Trunkenbolden. Auch die Hühner schienen in aller Frühe an den Fässern herumgepickt zu haben, denn auch sie lagen wie hingestreckt im Sand. Auch fünf Katzen und drei Hunde lagen da, die Pfoten von sich gestreckt und offenbar betrunken vom Auslecken der süßen Gläser.

Monsieur Mouchel ging unter den Schläfern umher, wobei er sich Mühe gab, auf niemanden zu treten. Er wußte jetzt Bescheid, denn man hatte auch in Grandport einige Fässer an Land gebracht, die von dem untergegangenen englischen Schiff stammten. Sein ganzer Zorn war verraucht. Was für ein rührender und erhebender Anblick. Ein versöhntes Coqueville, die Mahés und die Floches lagen einträchtig nebeneinander! Und auch die schlimmsten Feinde hatten mit dem letzten Glas zueinander gefunden: Tupain und Fouasse. Sie schnarchten zusammen, brüderlich Hand in Hand, als könnten sie sich nie mehr im Leben wegen einer Erbschaft streiten. Und das Ehepaar Rouget bot ein noch liebenswürdigeres Bild: Marie schlief zwischen Rouget und Brisemotte und schien damit zu zeigen, daß sie jetzt alle drei auf diese Weise zusammenleben und glücklich sein wollten.

Aber es gab noch eine viel rührendere Familienszene: Delphin und Margot lagen da, eng umschlungen und schliefen Wange an Wange, die Lippen noch zum Kuß gespitzt. Quer zu ihren Füßen lag der Kaiser, als wolle er Wache halten, und zu ihren Häupten schnarchte La Queue in der väterlichen Zuversicht, seine Tochter gut unter die Haube gebracht zu haben. Abbé Radiguet lag ebenfalls da, die Arme ausgebreitet, als wolle er diesen Bund segnen. Und im Schlaf hob Margot noch immer ihr rosiges Mäulchen, wie eine verliebte Katze, die gerne unter dem Kinn gekrault werden möchte.

Das Fest endete mit einer Hochzeit. Und auch Monsieur Mouchel heiratete bald darauf die Witwe Dufeu, die er dann auch ordentlich durchprügelte. Fragt nur einmal jemanden in der Normandie danach, und er wird lachen und euch antworten: »Ja, ja, das Fest in Coqueville!«

*Für eine Liebesnacht**

I

Die kleine Stadt P. ist auf einem Hügel erbaut. Zu Füßen des alten Festungswalls fließt ein eingedeichter und sehr tiefer Fluß, der Chanteclair, der seinen Namen zweifellos dem kristallenen Plätschern seiner klaren Fluten verdankt. Kommt man die Straße aus Versailles, dann überquert man den Chanteclair am Südende der Stadt auf einer steinernen, aus einem einzigen Bogen errichteten Brücke, deren breites, niedriges Geländer den alten Leuten der Vorstadt als Ruhebank dient. Jenseits der Brücke führt die Rue Beau-Soleil zur Place des Quatre-Femmes, einem stillen, mit großen Steinen gepflasterten Platz, zwischen denen das Gras so üppig wächst, daß es einer Wiese gleicht. Die Häuser wirken verschlafen. Alle halbe Stunde veranlaßt der schlurfende Schritt eines Passanten einen Hund hinter irgendeiner Stalltür zu einem kurzen Gebell. Das einzig aufregende in diesem verlorenen Winkel sind einige Offiziere, die zweimal am Tag hier vorbeikommen, um sich zum Essen in einer Pension der Rue Beau-Soleil einzufinden.

Julien Michon wohnte im Haus eines Gärtners auf der linken Seite des Platzes. Der Gärtner hatte

* Die Idee zu dieser Novelle ist den Erinnerungen Casanovas entnommen

ihm ein großes Zimmer im ersten Stock vermietet. Da dieser die andere Seite des Hauses zur Rue Cathérine hinaus bewohnte, wo auch sein Garten lag, war Julien völlig ungestört, hatte seine eigene Treppe und seine eigene Tür und lebte mit seinen fünfundzwanzig Jahren bereits so zurückgezogen wie ein eigenbrötlerischer, kleinbürgerlicher Rentner.

Schon früh hatte der junge Mann Vater und Mutter verloren. Die Michons waren seinerzeit Sattler in Alluets gewesen, nahe bei Nantes. Nach ihrem Tod hatte ein Onkel das Kind in ein Internat gegeben. Dann war auch dieser dahingegangen und Julien übernahm vor fünf Jahren beim Postamt in P. eine bescheidene Stellung beim Paketversand. Er bezog ein Gehalt von fünfzehnhundert Francs, ohne die Aussicht, jemals mehr zu verdienen. Übrigens legte er davon noch einige Ersparnisse zurück und konnte sich überhaupt keine bessere und glücklichere Lage vorstellen als die seine.

Julien war groß, stark und knochig gebaut und hatte riesige Hände, über die er sich manchmal ein bißchen schämte. Er kam sich häßlich vor mit seinem viereckigen Kopf, der aussah wie der unfertige Entwurf eines talentlosen Bildhauers. Und das machte ihn schüchtern, vor allem in Anwesenheit von Mädchen. Als ihm eine Wäscherin einmal lachend sagte, daß er gar nicht so übel sei, stürzte sie ihn damit in allergrößte Verwirrung. Auf der Straße ging er mit schlenkernden Armen, gekrümmtem Rücken und gesenktem Kopf und eilte mit langen

Schritten, um sich so schnell wie möglich wieder in seinen dunklen Winkel verkriechen zu können. Seine Unbeholfenheit machte ihn scheu, und er entwickelte ein krankhaftes Verlangen, nicht aufzufallen. Er schien sich damit abgefunden zu haben, auf diese Weise alt zu werden, ohne Kameradschaft, ohne Liebschaft, ganz wie ein Klosterbruder.

Dieses Leben lastete nicht im geringsten auf seinen breiten Schultern. Im Grunde war Julien sehr glücklich. Er war eine ruhige und offene Natur. Sein von festen Regeln bestimmter Tagesablauf verhalf ihm zu einer inneren Heiterkeit. Morgens begab er sich in sein Amt und nahm in aller Ruhe die Arbeit des vorhergehenden Tages wieder auf; mittags aß er ein Brötchen und nahm dann seine Buchführung wieder auf; schließlich aß er zu Abend, legte sich zu Bett und schlief. Am nächsten Morgen brachte ihm die Sonne wieder den gleichen Tag, und so ging es Wochen und Monate. Der ruhige Tagesablauf war für ihn wie eine Art Wiegenlied, von dem er sich sanft einlullen ließ wie ein Ochse, der tagsüber den Pflug zieht und am Abend im frischen Stroh wiederkäut. Er genoß die Eintönigkeit als einen ganz besonderen Reiz. Wenn er sich nach dem Abendessen einmal ein Vergnügen machen wollte, dann ging er die Rue Beau-Soleil hinunter, setzte sich auf das Brückengeländer und wartete auf das Neunuhrläuten. Er ließ seine Beine über dem Wasser baumeln und betrachtete den Chanteclair, wie er mit dem hellen Plätschern seiner silbrigen Wellen unablässig unter ihm vorbeifloß. Entlang der beiden Ufer neigten die Weidenbäume ihre lichten Häupter über ihr Spiegelbild und vom Himmel senkte sich die Dämmerung gleich einem feinen Aschenregen herab. Und in dieser großen Stille verweilte er dann wie verzaubert, mit dem unbestimmten Gefühl, daß der Chanteclair, der in aller Ruhe über die immer wieder gleichen Gräser floß, genauso glücklich sein müsse, wie er selbst. Wenn dann die ersten Sterne aufleuchteten, ging er nach Hause und legte sich mit einem Gefühl tiefster Zufriedenheit zu Bett.

Julien gönnte sich aber noch andere Freuden. An seinen freien Tagen machte er einsame Wanderungen, und es war für ihn ein Genuß, kräftig auszuschreiten und abends todmüde wieder heimzukehren. Er hatte sich auch mit einem Taubstummen angefreundet, einem Graveur, an dessen Arm er ganze Nachmittage durch die Alleen schlenderte, ohne sich jemals etwas in Zeichensprache mitzuteilen. Manchmal saßen sie auch im Café des Voyageurs und spielten endlose Partien Dame, wobei sie still vor sich hin brüteten. Er hatte einmal einen Hund gehabt, der von einem Wagen überfahren wurde, und er bewahrte ihm ein so heiliges Andenken, daß er kein Tier mehr zu sich nach Hause nehmen wollte. Auf der Post machte man sich über ihn lustig, weil er eine zehnjährige zerlumpte und barfüßige Streichholzverkäuferin immer wieder reichlich mit Sousstücken bedachte, ohne ihr dafür etwas abzunehmen. Er ärgerte sich darüber und steckte der Kleinen das Geld fortan nur noch heimlich in die Tasche. Niemals sah man ihn abends auf dem

Stadtwall in Begleitung einer weiblichen Person. Die Arbeiterinnen von P., spottsüchtige junge Mädchen, ließen ihn schließlich ebenfalls in Ruhe, als sie sahen, wie er vor ihnen verstummte und ihr aufmunterndes Lachen als bloßen Spott empfand. In der Stadt hielten ihn die einen einfach für dumm, andere wiederum behaupteten, daß man sich vor solchen verklemmten Burschen ganz besonders vorsehen müsse.

Juliens Paradies, der einzige Ort, an dem er sich wirklich wohl fühlte, war sein Zimmer. Nur dort war er vor der Welt sicher. Selbstbewußt ging er in seinen vier Wänden auf und ab und lachte zuweilen ganz für sich alleine; erblickte er sich dann im Spiegel, blieb er überrascht stehen und wunderte sich, wie jung er noch aussah. Das Zimmer war ziemlich geräumig. Es war ausgestattet mit einem großen Kanapee, einem runden Tisch mit zwei Stühlen und einem Sessel. Doch es blieb ihm noch genügend Platz, darin hin und her zu gehen. Das Bett war in einem großen Alkoven untergebracht. Zwischen den beiden Fenstern stand eine kleine Kommode aus Nußbaum, die wie ein Kinderspielzeug wirkte. Hier also marschierte er herum oder streckte sich zur Ruhe aus und langweilte sich nie. Niemals schrieb er außerhalb seines Amtes auch nur eine Zeile und beim Lesen schlief er einfach ein. Die alte Dame, in deren Pension er zu Mittag aß, betrachtete es als ihre Aufgabe, ihn zu bilden und lieh ihm zu diesem Zweck einige Romane. Brachte er sie zurück, dann war er nicht in der Lage, über ihren

Inhalt ein Gespräch zu führen. Die Geschichten waren ihm zu kompliziert und überhaupt an den Haaren herbeigezogen. Statt dessen zeichnete er gerne ein bißchen, aber immer den gleichen Kopf, ein Frauenprofil mit strengen Zügen, einem breiten Stirnband und einem mit einer Perlenschnur gefaßten Haarknoten. Seine einzige Leidenschaft aber war die Musik. Ganze Abende verbrachte er damit, Flöte zu spielen, und nichts gab es auf der Welt, was ihm mehr Freude und Erholung bereitet hätte.

Julien hatte sich das Flötespielen ganz alleine beigebracht. Über lange Zeit träumte er von einer alten Flöte aus gelbem Holz, die er bei einem Trödler auf der Place du Marché entdeckt hatte. Zwar hatte er das Geld, sie zu kaufen, aber er wagte es nicht, aus Furcht, sich lächerlich zu machen. Eines Abends schließlich nahm er seinen ganzen Mut zusammen, kaufte die Flöte, versteckte sie, fest an die Brust gedrückt, unter seinem Mantel und rannte nach Hause. Dann nahm er sich eine alte Flötenschule vor, die er bei einem kleinen Buchhändler gefunden hatte und übte zwei Jahre lang bei geschlossenen Fenstern und Türen. Erst seit einem halben Jahr wagte er bei offenem Fenster zu spielen. Er spielte nur alte, einfache Weisen, Romanzen aus dem vergangenen Jahrhundert, die unendlich zärtlich klangen, obwohl er sie nur mit dem Ungeschick eines gefühlvollen Schülers hervorbrachte. An warmen Sommerabenden, wenn das ganze Viertel schon schlief und der leise Klang aus dem großen, mit Kerzen beleuchteten Zimmer nach draußen drang, klang es wie eine leise bebende Stimme der Liebe, die der Nacht anvertraute, was sie am Tage niemals gewagt hätte zu sagen.

Manchmal, wenn er Melodien aus dem Gedächtnis spielen konnte, löschte Julien aus Sparsamkeit das Licht. Die Dunkelheit liebte er ganz besonders. So saß er dann am Fenster und spielte im Angesicht des Himmels in die Dunkelheit hinaus. Wer vorüberging, hob den Kopf, um zu sehen, woher diese so zarte und hübsche Musik kommen mochte, die dem fernen Schlagen einer Nachtigall glich. Das gelbe Holz der alten Flöte hatte einen kleinen Sprung, der ihren Klang etwas verschleierte, wie das wunderbar zarte Stimmchen einer Marquise aus vergangenen Zeiten, die Menuette ihrer Jugendzeit vor sich hinsummte. So flog eine Note nach der andern mit zartem Flügelschlag davon. Es war, als käme das Lied aus der Nacht selbst, so vermählte es sich mit dem Hauch der Dunkelheit.

Julien fürchtete sehr, daß sich die Nachbarn beklagen könnten. Aber man hat einen festen Schlaf in der Provinz. Außerdem wohnte an der Place des Quatre-Femmes nur noch ein Notar, Monsieur Savournin, sowie ein pensionierter Gendarm, Capitaine Pidoux, zwei äußerst umgängliche Nachbarn, die bereits um neun Uhr zu Bett gingen. Größere Bedenken hatte Julien hinsichtlich der Bewohner des Palais Marsanne, eines vornehmen Patrizierhauses, dessen düstere Fassade sich mit der Strenge eines Klosters auf der anderen Seite des Platzes erhob, genau gegenüber seinem Fenster. Ein grasüberwucherter Treppenaufgang mit fünf Stufen führte zu einer schmiedeeisernen Eingangstür mit rundem Bogen. Die einzige Etage über dem Erdgeschoß hatte zehn Fenster, deren Läden immer zur gleichen Stunde geöffnet oder geschlossen wurden, ohne daß die stets zugezogenen schweren Vorhänge auch nur den kleinsten Blick in die dahinter liegenden Gemächer gewährt hätten. Auf der linken Seite standen die großen Kastanienbäume des Gartens, die ihr dichtes Laubwerk bis zum Stadtwall hin ausbreiteten. Immer wenn Julien dieses beeindruckende Palais mit seinem Park, seinen düsteren Mauern und seiner königlich gelangweilten Fassade vor sich sah, wußte er: wenn die Familie Marsanne seine Musik nicht mochte, so bedurfte es nur eines einzigen Wortes und er hätte auf jedes weitere Spielen verzichten müssen.

Überhaupt empfand der junge Mann eine geradezu religiöse Ehrfurcht, wenn er an seinem Fenster stand und die gewaltigen Ausmaße des Besitzes überblickte. Das Palais war übrigens im ganzen Lande berühmt und man erzählte sich, daß Fremde oft von weither angereist kamen, um es zu besichtigen. Auch waren Legenden im Umlauf über den Reichtum der Marsannes. Oft beobachtete er das alte Haus, um die Geheimnisse dieser Märchenwelt zu ergründen. Aber während all der Stunden, die er damit verbrachte, bekam er nie etwas anderes zu sehen als immer wieder die gleiche graue Fassade und das gleiche dunkle Laubwerk der Kastanien. Keine Menschenseele stieg die verwitterten Stufen hinauf und niemals öffnete sich die moosbewachsene Tür. Die Marsannes benutzten diesen Eingang nicht mehr; sie betraten das Haus durch ein Gittertor an der Rue Sainte-Anne. Außerdem gab es noch am Ende eines schmalen Gäßchens, ganz in der Nähe der Stadtmauer, eine kleine Gartentür, die Julien von seinem Fenster aus nicht sehen konnte. Für ihn war das Palais gleichsam ausgestorben, ähnlich jenen verwunschenen Märchenschlössern, deren Bewohner für immer unsichtbar bleiben. Jeden Morgen und jeden Abend sah er nur die Arme eines Dieners, der die Läden öffnete oder schloß. Danach fiel das Haus wieder zurück in die Melancholie eines verlassenen Grabes. Die Kastanien waren so dicht belaubt, daß sie mit ihren Ästen die Parkwege verbargen. Diese undurchdringliche, hochmütige und stumme Existenz steigerte die Verwirrung des jungen Mannes. Sollte Reichtum also nichts weiter sein als dieser trübselige Friede, wie er ihn in der Kirche empfand, wenn sich aus den hohen Gewölben fromme Schauer niedersenkten?

Wie oft hatte er, bevor er schlafen ging, die Kerzen gelöscht und war noch eine Stunde am Fenster gestanden, um hinter das Geheimnis des Palais Marsanne zu kommen! In der Nacht hoben sich Palais und Kastanien wie ein schwarzer Tintenfleck gegen den Himmel ab. Die Vorhänge mußten immer besonders sorgfältig zugezogen sein, denn nie drang auch nur ein einziger Lichtstrahl durch die Jalousien der Fensterläden. Das Palais machte auch niemals den lebendigen Eindruck eines bewohnten Hauses, in dem man des Nachts gleichsam den Atem der Schlafenden zu spüren glaubt. Es löste sich in der Dunkelheit ganz und gar auf. In solchen Augenblicken faßte Julien Mut und nahm seine Flöte zur Hand. Jetzt konnte er ungestraft spielen. Das öde Palais gab ihm seine zarten Perlentöne als leises Echo wieder zurück, und manche getragene Melodie verlor sich ganz in der Dunkelheit des Gartens, in dem nicht einmal ein Flügelschlag zu vernehmen war. Die alte gelbe Holzflöte schien ihre uralten Weisen dem schlafenden Dornröschen darzubringen.

Eines Sonntags machte ein anderer Postbeamter Julien vor der Kirche unvermittelt auf ein altes Ehepaar aufmerksam: auf den Marquis und die Marquise de Marsanne. Sie verließen so selten das Haus, daß er sie noch nie zuvor gesehen hatte. Er war tief bewegt als er sah, wie die beiden so mager und so feierlich einherschritten und wie sie die ehrerbietigen Grüße nur mit einem leichten Kopfnicken beantworteten. Dann erzählte ihm sein Kollege nach und nach, daß sie noch eine Tochter hätten, Mademoiselle Thérèse de Marsanne, die noch im Kloster weilte und daß der kleine Colombel, der Schreiber des Notars Savournin, ihr Milchbruder sei. Und tatsächlich, als die beiden alten Leute in die Rue Saint-Anne einbiegen wollten, trat der kleine Colombel, der gerade vorüberkam, auf sie zu und der alte Marquis reichte ihm die Hand – eine Ehre, die er sonst niemandem erwiesen hatte. Julien litt geradezu unter diesem Händedruck; denn dieser

Colombel, ein Bursche von zwanzig Jahren, mit lebhaften Augen und spöttischem Mund, war schon lange sein Feind. Er machte sich lustig über seine Schüchternheit, wiegelte die Wäscherinnen der Rue Beau-Soleil gegen ihn auf und trieb es so weit, bis es eines Tages am Stadtwall zu einer regelrechten Schlägerei kam, die dem Schreiber des Notars zwei blaue Augen einbrachte. Und am Abend, als Julien alle diese Einzelheiten erfahren hatte, spielte er noch leiser auf seiner Flöte als sonst.

Die Verwirrung, die er über das Palais Marsanne empfand, änderte übrigens nichts an seinen Gewohnheiten, die mit der Regelmäßigkeit eines Uhrwerks abliefen. Er ging in sein Amt, frühstückte, aß zu Mittag und machte seinen Spaziergang am Ufer des Chanteclair. Selbst das Palais mit seiner großen Stille fügte sich schließlich ganz in seinen geruhsamen Lebenswandel ein. Zwei Jahre vergingen. Er gewöhnte sich so sehr an die grasbewachsene Freitreppe, an die graue Fassade und die dunklen Fensterläden, daß sie ihm schließlich wie selbstverständlich zu diesem verschlafenen Viertel zu gehören schienen.

Fünf Jahre wohnte Julien bereits an der Place des Quatre-Femmes, als an einem Juliabend ein unerwartetes Ereignis sein Leben verändern sollte. Die Nacht war sehr warm und sternenhell. Er spielte im Dunkeln auf seiner Flöte, langsam und nachlässig und nickte über manchen Passagen sogar etwas ein, als plötzlich gegenüber ein Fenster des Palais aufgestoßen wurde und ein Lichtschein die Fassade erhellte. Ein junges Mädchen lehnte sich ans Fenster und verweilte dort mit seiner schlanken Gestalt, hob den Kopf und lauschte in die Dunkelheit hinaus. Julien erbebte und unterbrach sein Spiel. Er konnte das Gesicht des jungen Mädchens nicht erkennen, er sah nur die Fülle ihres Haares, das aufgelöst auf ihre Schultern herabfiel. Und eine helle Stimme drang aus der Stille der Nacht an sein Ohr: »Hast du nicht gehört, Françoise? Ich glaube, das klang wie Musik.«

»Sicher eine Nachtigall, Mademoiselle«, erwiderte eine derbe Stimme aus dem Innern. »Schließen Sie aber jetzt das Fenster, sonst haben wir alles mögliche Nachtgetier im Zimmer.«

Als die Fassade wieder im Dunkel lag, war Julien nicht imstande, seinen Lehnstuhl zu verlassen. Er war noch immer wie geblendet von dem Lichtschein, der aus dieser bislang so leblosen alten Mauer gedrungen war. Innerlich bebend fragte er sich, ob er über diese spukhafte Erscheinung glücklich sein solle oder nicht. Eine Stunde später fing er dann behutsam an, weiter zu spielen. Er lächelte bei dem Gedanken, daß das junge Mädchen jetzt sicher glaubte, eine Nachtigall säße in den Kastanienbäumen.

2

Am nächsten Morgen ging auf der Post die große Neuigkeit um, daß Mademoiselle Thérèse de Marsanne aus dem Kloster heimgekehrt sei. Julien erzählte niemandem, daß er sie bereits mit offenen

Haaren und entblößtem Hals gesehen hatte. Er fühlte sich sehr beunruhigt; er empfand ein unerklärliches Gefühl für das junge Mädchen, das seine täglichen Gewohnheiten durcheinandergebracht hatte. Jenes Fenster gegenüber, dessen Läden sich jederzeit wieder öffnen konnten, ließ ihn nicht zur Ruhe kommen. Er fühlte sich nicht mehr recht zu Hause. Es wäre ihm lieber gewesen, ein Mann wäre gegenüber eingezogen; von dem hätte er wenigstens keinen Spott fürchten müssen. Wie konnte er jetzt noch wagen, auf seiner Flöte zu spielen? Er spielte zu schlecht für ein junges Mädchen, welches sicher etwas von Musik verstand. Am Abend schließlich war er nach langen Überlegungen soweit, zu glauben, daß er Thérèse haßte.

Verstohlen schlich Julien nach Hause. Er zündete keine Kerze an. So würde sie ihn nicht sehen. Er wollte sofort schlafen gehen, um damit seinem Ärger Ausdruck zu geben. Aber die Neugier, was drüben wohl vor sich gehen würde, hielt ihn nicht lange im Bett. Das Fenster blieb geschlossen. Erst gegen zehn Uhr drang ein schwacher Lichtschein durch die Jalousien. Er erlosch aber bald und Julien starrte noch lange auf das dunkle Fenster. Von nun an fuhr er jeden Abend, gegen seinen Willen, mit diesem Spionieren fort. Er belauerte jetzt das Palais. Wie in der ersten Zeit, suchte er in diesen alten, stummen Steinen das kleinste Lebenszeichen wahrzunehmen. Nichts schien sich verändert zu haben, das Haus war in einen tiefen Schlaf versunken. Man mußte schon sehr scharfe Augen und Ohren haben, um etwas von dem veränderten Leben wahrzunehmen. Manchmal war es ein schwacher Lichtschein, der hinter den Scheiben vorbeiglitt, manchmal erlaubte ein kleiner Spalt im Vorhang einen kurzen Blick in ein geräumiges Zimmer. Ein anderes Mal waren leichte Schritte im Garten zu vernehmen oder leises Klavierspiel und Gesang. Meist waren die Geräusche nicht genau zu bestimmen, aber ein leises Beben lag gleichsam in der Luft, welches verriet, daß hinter dem alten Gemäuer ein junges Herz schlagen mußte. Julien suchte sich seine Neugier damit zu erklären, daß ihm diese ganze Unruhe auf die Nerven ging. Wie sehnte er sich nach der Zeit zurück, als das leere Palais ihm noch das leise Echo seines Flötenspiels zurücksandte!

Sein sehnlichster Wunsch war, obgleich er es sich nicht eingestehen wollte, Thérèse wiederzusehen. Er stellte sich ihr rosiges Gesicht vor, mit der spöttischen Miene und den leuchtenden Augen. Aber da er sich tagsüber nicht ans Fenster wagte, konnte er sie nur in der Dunkelheit der Nacht beobachten. Doch eines Morgens, als er wegen der Sonne einen Fensterladen schließen wollte, sah er Thérèse mitten in ihrem Zimmer. Er blieb wie angewurzelt stehen und wagte sich nicht zu rühren. Sie schien in Gedanken, war sehr groß, sehr blaß und von schönen, regelmäßigen Gesichtszügen. Er hatte fast etwas Furcht vor ihr, so sehr unterschied sie sich von dem eher heiteren Bild, das er sich von ihr gemacht hatte. Der Mund war etwas zu groß, die Lippen eine Spur zu rot und die Augen, tief, schwarz und glanzlos, verliehen ihr das Aussehen einer grausamen Königin. Langsam trat sie ans Fenster, aber sie schien ihn nicht zu bemerken, so, als wäre er in zu weiter Ferne. Dann wandte sie sich ab, und die rhythmische Bewegung ihres Halses war dabei von solcher Anmut, daß er sich trotz seiner breiten Schultern ganz klein vorkam. Jetzt, da er sie kannte, fürchtete er sich noch mehr vor ihr.

Von nun an führte der junge Mann ein trostloses Leben. Dieses schöne, ernste und vornehme Mädchen, so ganz in seiner Nähe, stürzte ihn geradezu in Verzweiflung. Niemals sah sie ihn an, sie schien ihn überhaupt nicht wahrzunehmen. Aber er war nicht weniger unglücklich bei dem Gedanken, daß sie ihn bemerken und lächerlich finden könnte. Seine krankhafte Schüchternheit ließ ihn glauben, daß sie ihn heimlich beobachtete, um sich über ihn lustig zu machen. So schlich er sich nur noch heimlich in sein Zimmer und wagte sich dort kaum zu rühren. Nach einem Monat begann er unter ihrer offenbaren Geringschätzung zu leiden. Warum sah sie ihn niemals an? Sie kam ans Fenster, warf aus ihren schwarzen Augen einen Blick auf die menschenleere Straße und zog sich wieder zurück, ohne ihn mit seinen Ängsten auf der anderen Seite des Platzes wahrzunehmen. Und so wie er früher bei dem Gedanken zitterte, sie könne ihn entdecken, so bebte er jetzt im Verlangen, ihren Blick auf sich zu fühlen. Jetzt begann sie sein Leben zu bestimmen.

Wenn Thérèse am Morgen aufstand, vergaß er sogar seine Amtsstube. Er, der sonst so zuverlässige

Beamte. Er fürchtete sich immer noch vor diesem weißen Gesicht und den roten Lippen, aber es war eine Furcht voller Wonne. Er verbarg sich hinter dem Vorhang und ließ sich so lange von der Angst, die sie ihm bereitete, ergreifen, bis ihm schließlich die Knie zitterten wie nach einem anstrengenden Marsch. Er träumte davon, daß sie ihn plötzlich wahrnahm, ihm zulächelte und er keine Furcht mehr hätte.

Dann kam ihm der Gedanke, sie mit seinem Flötenspiel zu verführen. An warmen Abenden nahm er sein Spiel wieder auf. Er ließ seine beiden Fenster offen und spielte in der Dunkelheit seine ältesten Melodien, ländliche Weisen, so schlicht wie die Lieder der Kinder. Es waren langgehaltene, bebende Töne, die sich im Takt folgten, gleich verträumten Damen aus vergangenen Zeiten, die im Tanz ihre Röcke ausbreiten. Er suchte sich die mondhellen Nächte aus, wenn der Platz in Dunkel gehüllt war und es unbestimmt blieb, woher diese sanften Melodien kamen, die um die schlafenden Häuser strichen wie der sanfte Flügelschlag eines Nachtvogels. Und schon vom ersten Abend an erlebte er in tiefer Erregung, wie sich Thérèse vor dem Zubettgehen ganz in Weiß dem Fenster näherte und dort verweilte, voller Überraschung, jene Musik wiederzuhören, die sie bereits am Tag ihrer Ankunft vernommen hatte.

»Hör nur, Françoise«, rief sie mit ihrer ernsten Stimme ins Innere des Zimmers. »Das ist kein Vogel.«

»Ach was!« antwortete eine ältere Frau, von der Julien nur den Schatten erkennen konnte, »das ist sicher irgendein Komödiant, der sich draußen in der Vorstadt einen Spaß macht.«

»Ja, es muß weit draußen sein«, wiederholte das junge Mädchen nach einer Weile, während es seine bloßen Arme von der Nachtluft kühlen ließ.

Von nun an spielte Julien jeden Abend ein bißchen lauter. Seine Lippen ließen den Ton anschwellen und sein Fieber floß ein in die alte gelbe Holzflöte. Thérèse, die jeden Abend lauschte, wunderte sich über diese lebendige Musik, deren Klänge die Nacht abwarteten, um über die Dächer hinweg zu ihr zu dringen. Sie fühlte genau, daß diese Serenade für sie bestimmt war, und manchmal streckte sie sich, als wolle sie über die Häuser hinwegsehen. Dann, eines Nachts, erklang die Musik so nah an ihrem Ohr, daß sie glaubte, sie müsse aus einem der alten, verschlafenen Häuser gegenüber kommen. Julien war ganz in sein leidenschaftliches Spiel versunken; die Flöte vibrierte in kristallhellem Klang. Die Dunkelheit verlieh ihm solchen Mut, daß er glaubte, das Mädchen durch die Kraft seines Spiels an sich ziehen zu können. Und tatsächlich neigte sich Thérèse, angelockt und wie überwältigt, aus dem Fenster.

»Kommen Sie zurück«, vernahm man die Stimme der älteren Frau. »Ein Gewitter liegt in der Luft. Sie werden sich schlimme Träume holen.«

In dieser Nacht konnte Julien nicht einschlafen. Er stellte sich vor, daß Thérèse ihn erahnt, vielleicht sogar gesehen habe. Er fieberte in seinem Bett und fragte sich, ob er sich am nächsten Tag nicht zu erkennen geben sollte. Es wäre sicherlich lächerlich, sich weiterhin zu verstecken. Schließlich beschloß er dennoch, sich nicht zu zeigen. Und als er gegen sechs Uhr morgens an sein Fenster trat und gerade dabei war, seine Flöte wieder im Futteral zu verstauen, da wurden Thérèses Fensterläden jäh aufgestoßen.

Das junge Mädchen, das nie vor acht Uhr aufstand, erschien im Morgenrock, die Haare im Nacken zusammengebunden und stützte sich auf die Fensterbank. Julien hielt bestürzt inne, blickte mit erhobenem Kopf wie gebannt zu ihr hinüber, während er mit seinen linkischen Händen versuchte, die Flöte auseinander zu nehmen. Thérèse fixierte ihn ebenfalls mit starrem und hochmütigem Blick. Sie schien ihn einen Augenblick lang abzuschätzen. In seiner großen, knochigen und unvorteilhaften Gestalt glich er einem häßlichen, ängstlichen Riesen. Sie hatte jetzt nichts mehr von dem fieberhaft aufgeregten Kind, das er am Abend zuvor gesehen hatte; sie war sehr stolz und sehr blaß mit ihren schwarzen Augen und ihren roten Lippen. Als sie ihn eine Zeitlang mit gleichgültiger Miene abgeschätzt hatte, gerade so, als wäre er ein Hund auf der Straße, verzog sie verächtlich die Lippen, wandte sich ab und schloß in aller Ruhe das Fenster.

Julien ließ sich mit zitternden Knien in seinen Sessel fallen und stammelte mit abgerissenen Sätzen vor sich hin: »Mein Gott, sie findet mich häßlich...

Und ich liebe sie, und ich werde daran zugrunde gehen!«

Er stützte den Kopf in beide Hände und schluchzte. Warum hatte er sich überhaupt sehen lassen. Wenn man so häßlich ist, dann sollte man sich verstecken, statt den Mädchen Angst zu machen. Er beschimpfte sich selbst und war voller Wut über seine Häßlichkeit. Hätte er denn nicht im Schutz der Dunkelheit auf seiner Flöte weiterspielen können, wie ein Nachtvogel, der die Herzen mit seinem Gesang bezaubert, aber niemals in der Sonne erscheinen darf? Es wäre für sie eine zarte Musik geblieben, nichts als ein altes, geheimnisvolles Liebeslied. Sie hätte ihn bewundert, ohne ihn zu kennen, wie einen Märchenprinzen, der von fernher gekommen war, um vor zärtlichem Verlangen unter ihrem Fenster zu vergehen. Aber er mußte durch seine Dummheit den Zauber brechen. Und jetzt wußte sie, was für ein Hornochse er war und würde niemals mehr Gefallen an seiner Musik finden!

Und tatsächlich, er konnte in milden, duftenden Sommernächten seine zärtlichsten Weisen spielen – Thérèse hörte einfach nicht mehr hin. Sie kam und ging, lehnte am Fenster und tat, als gäbe es niemanden, der ihr in demütigen Tönen von seiner Liebe sang. Einmal rief sie sogar laut: »Mein Gott, wie geht mir diese Flöte auf die Nerven, die keinen Ton richtig trifft!«

Verzweifelt warf er daraufhin seine Flöte in die hinterste Schublade und spielte nicht mehr.

Übrigens machte sich auch der kleine Colombel

über Julien lustig. Auf dem Weg zur Arbeit hatte er ihn nämlich eines Tages gesehen, wie er am Fenster ein Stück einübte, und jedesmal, wenn er jetzt den Platz überquerte, lachte er in seiner höhnischen Art zu ihm hinauf. Julien wußte, daß der Gehilfe des Notars von den Marsannes empfangen wurde, und das zerriß ihm das Herz. Nicht so sehr, weil er auf diese Mißgeburt eifersüchtig gewesen wäre, sondern weil er sein Leben dafür gegeben hätte, nur für eine Stunde an seiner Stelle zu sein. Françoise, die Mutter dieses jungen Mannes, war schon seit vielen Jahren im Haus Marsanne. Sie war Thérèses Amme und wachte auch jetzt noch über sie. Das adlige Fräulein und der Bauernjunge sind zusammen groß geworden und es war nur natürlich, daß sie sich noch immer etwas von ihrer alten Kameradschaft bewahrt hatten. Julien litt sehr darunter, wenn er Colombel auf der Straße begegnete und sah, wie dieser süffisant vor sich hin lächelte. Seine Abneigung wurde noch größer, als er eines Tages entdeckte, daß dieser Kümmerling gar kein so häßliches Gesicht hatte. Sein runder Katzenkopf hatte sehr feine, hübsche und schelmische Züge, grüne Augen und ein leicht gekräuseltes Spitzbärtchen. Oh, wenn er ihn doch einmal in einem Winkel des Stadtwalls in die Hände bekäme, er würde ihn sein Glück, Thérèse besuchen zu dürfen, teuer bezahlen lassen.

So verging ein Jahr. Julien war unglücklich. Er lebte nur noch für Thérèse. Sein Herz weilte in jenem eisigen Palais, vor dessen Fassade er vor Unbeholfenheit und Liebe verging. Jede freie Minute brachte er damit zu, auf die grauen Mauern zu starren, an denen er jedes Moosfleckchen kannte. Aber so oft er auch über lange Monate Augen und Ohren offenhielt, er erfuhr nichts von dem, was in diesem feierlichen Gebäude vor sich ging, in dem sein ganzes Wesen gefangen war. Ein paar unbestimmte Geräusche, ein schwacher Lichtschein brachten ihn bereits in Verwirrung. Waren es Feste oder traurige Ereignisse? Er wußte es nicht, das Leben spielte sich jenseits der Fassade ab. So verlor er sich ganz in Träumen, die seiner traurigen oder frohen Stimmung entsprachen: wie Thérèse und Colombel lärmend miteinander spielten, wie das junge Mädchen langsam unter den Kastanienbäumen spazieren ging, wie sie sich auf Bällen in den Armen der Tänzer wiegte oder wie sie in plötzlichem Kummer tränenüberströmt in einem der dunklen Zimmer saß. Manchmal glaubte er auch die kleinen Schritte des Marquis und der Marquise zu hören, die wie Mäuschen über das alte Parkett trippelten. Aber in Wirklichkeit sah er nur Thérèses Fenster, welches für ihn gleichsam diese Wand durchbrach. Dort zeigte sich das junge Mädchen täglich, stumm wie ein Stein und ohne ihm auch nur einen Schimmer von Hoffnung zu gewähren. Sie blieb ihm so fremd und so fern, daß er der Verzweiflung nahe war.

Jene Stunden, in denen das Fenster offen stand, waren für Julien die schönsten Augenblicke. Dann konnte er, während das junge Mädchen abwesend war, alle Winkel des Zimmers ausspähen. Er brauchte sechs Monate, bis er wußte, daß sich das Bett links in einem Alkoven mit rosafarbenen Seidenvorhängen befand. Nach weiteren sechs Monaten war ihm klar, daß dem Bett gegenüber eine Kommode mit einem porzellangefaßten Spiegel aus der Zeit Louis XV. stand. Und gerade vor sich erblickte er einen Kamin aus weißem Marmor. Dieses Zimmer war das Paradies seiner Träume.

Große innere Kämpfe hatte seine Liebe zu bestehen. Über Wochen hielt er sich im Verborgenen, weil er sich seiner Häßlichkeit schämte. Dann wieder packte ihn die Wut. Er wollte mit seiner grobschlächtigen Gestalt einfach vor sie hintreten und sie zwingen, sein häßliches, fieberglühendes Gesicht anzusehen. Dann wieder wich er wochenlang nicht vom Fenster und belästigte sie mit seinen Blicken. Zweimal warf er ihr sogar leidenschaftliche Kußhände zu mit jener Rohheit, wie sie schüchternen Menschen bei einem plötzlichen Anfall von Kühnheit eigen ist.

Thérèse wurde darüber nicht einmal böse. Von seinem Versteck aus sah er sie mit königlicher Miene in ihrem Zimmer auf und ab gehen, und wenn er sich zeigte, dann behielt sie diese Miene unverändert bei, nur noch etwas hochmütiger und kälter. Niemals überraschte er sie in einem zwanglosen Augenblick. Wenn sie seinem Blick begegnete, hatte sie keine Eile, den Kopf abzuwenden. Hörte er in seinem Postamt sagen, daß Mademoiselle Marsanne sehr fromm und sehr gut sei, dann protestierte er innerlich heftig dagegen. Nein! Nein! Sie war ohne Glauben, sie war blutdürstig, ihre Lippen sahen aus, als wären sie von Blut besudelt und ihre Blässe rührte von Ihrer Menschenverachtung. Dann wieder konnte er darüber weinen, weil er sie beleidigt hatte und bat sie in Gedanken um Verzeihung, als wäre sie eine in Engelsflügel eingebettete Heilige.

Während dieses ersten Jahres gingen die Tage dahin, ohne daß irgendeine Änderung eingetreten wäre. Aber als der Sommer wiederkam, hatte Julien ein merkwürdiges Gefühl; Thérèse schien ihm irgendwie verändert. Die kleinen täglichen Ereignisse blieben: die Fensterläden wurden am Morgen aufgestoßen und am Abend wieder geschlossen, und Thérèse zeigte sich wie immer zu den gewohnten Stunden. Aber ein neuer Atem schlug ihm aus dem Zimmer entgegen. Sie war jetzt noch bleicher, noch aufrechter. An einem Tag fiebriger Leidenschaft wagte er ihr ein drittes Mal mit bebenden Fingern eine Kußhand zuzuwerfen. Sie blickte ihn starr an, mit ihrer verwirrenden Ernsthaftigkeit, ohne das Fenster zu verlassen. Er war es, der zurückwich, das Gesicht von Röte übergossen.

Gegen Ende des Sommers trat etwas ein, was ihn zutiefst erschütterte, obwohl es nur eine unbedeutende Sache war. Fast jeden Tag wurde in der Dämmerung Thérèses Fenster, das tagsüber halb offen stand, heftig zugeschlagen, so daß Holz und Fensterriegel laut knallten. Bei diesem Geräusch zuckte Julien jedesmal schmerzlich zusammen, und eine unbestimmte Angst zerriß ihm das Herz, ohne daß er wußte, warum. Nach diesem plötzlichen Knall lag das Haus wieder in einer Totenstille, die ihm angst machte. Lange Zeit konnte er nicht erkennen, welche Hand das Fenster auf solche Weise zuschlug; aber eines Abends erblickte er die bleichen Hände von Thérèse; sie war es, die die Fenster so gewaltsam verriegelte. Und als sie eine Stunde später ohne Hast wieder geöffnet wurden, erschien Thérèse mit würdevoller Ruhe, wenngleich etwas ermattet und stützte sich mit den Ellbogen auf die Fensterbank. Dann ging sie wieder in ihr Zimmer zurück und beschäftigte sich mit den kindlichen Spielereien eines jungen Mädchens, während Julien mit leerem Kopf und mit dem fortwährenden Knirschen des Fensterriegels in den Ohren zurückblieb.

An einem grauen und milden Herbstabend gab der Fensterriegel ein furchtbares Kreischen von sich. Julien schreckte auf, und unwillkürlich rannen Tränen über seine Wangen angesichts des düsteren Hauses, über das die abendliche Dämmerung ihre Schatten warf. Es hatte an diesem Tag geregnet und den halb entblätterten Kastanienbäumen entstieg ein Hauch Vergänglichkeit.

Unterdessen wartete Julien darauf, daß sich das Fenster wieder öffne. Plötzlich wurde es genauso heftig aufgestoßen wie es zuvor geschlossen wurde. Thérèse erschien. Sie war ganz weiß im Gesicht, die Augen waren noch größer als sonst und das Haar fiel ihr aufgelöst in den Nacken. Sie stellte sich mitten ins Fenster, legte alle zehn Finger auf ihren roten Mund und warf Julien eine Kußhand zu.

Völlig bestürzt preßte er die Fäuste gegen seine Brust, als wolle er fragen, ob dieser Kuß ihm gegolten habe.

Thérèse glaubte, daß er zurückweichen wolle. Sie neigte sich noch weiter vor, legte die zehn Finger wieder auf ihren roten Mund und warf ihm einen zweiten Kuß zu. Dann noch einen dritten. Es war, als wolle sie seine drei Küsse jetzt erwidern. Er blieb fassungslos stehen. Der Abend war klar, er sah sie deutlich im dunklen Fensterrahmen stehen.

Als sie glaubte, seiner sicher zu sein, warf sie einen kurzen Blick auf den Platz hinunter und sagte dann mit gedämpfter Stimme: »Kommen Sie!«

Er kam. Er ging hinunter und näherte sich dem Palais. Als er den Kopf hob, öffnete sich die Haustür einen Spalt, diese vielleicht seit einem halben Jahrhundert verschlossene und mit Moos überwucherte Tür. Er ging weiter wie im Traum, nichts wunderte ihn mehr. Sowie er eingetreten war, schloß sich die Tür hinter ihm und er fühlte eine kleine kalte Hand, die ihn weiterzog. Er stieg eine Treppe hinauf, ging einen Flur entlang, durchquerte ein kleines Zimmer und befand sich schließlich in einem Raum, den er sogleich wiedererkannte. Es war das Paradies; das Zimmer mit den rosafarbenen Seidenvorhängen. Der Tag verging darin sanft und ruhig. Er war versucht, auf die Knie niederzufallen. Thérèse stand hochaufgerichtet vor ihm. Sie schlang die Hände fest ineinander, um die Schauer, von denen sie offenbar gepackt wurde, zu bezwingen.

»Lieben Sie mich?« fragte sie leise.

»Ja! Ja! Oh, ja!« stammelte er.

Aber sie machte eine Handbewegung, als wolle sie ihm alle überflüssigen Worte verwehren. Dann fragte sie mit hochmütiger Miene, die den Worten aus dem Munde eines jungen Mädchens etwas ganz Natürliches und Keusches verliehen: »Sie würden alles für mich tun, wenn ich mich Ihnen hingeben würde, nicht wahr?«

Er vermochte nicht zu antworten und rang nur die Hände. Für einen Kuß von ihr hätte er seine Seele verkauft.

»Also gut! Ich bitte Sie um einen Gefallen.«

Als er wie betäubt dastand, fühlte sie, wie ihre Kräfte schwanden und sie der Mut verließ. Da rief sie mit äußerster Heftigkeit: »Aber lassen Sie uns zuerst schwören... Ich, ich schwöre Ihnen, daß ich mein Wort halten werde... Jetzt schwören Sie; so schwören Sie doch!«

»Oh, ich schwöre! Alles, alles was sie wollen!« rief er völlig hingegeben.

Der reine Duft des Zimmers berauschte ihn. Die Vorhänge des Alkoven waren zugezogen und der bloße Gedanke an das jungfräuliche Bett im sanften Schatten rosafarbener Seide erfüllte ihn mit einer Art religiöser Ekstase. Dann riß sie plötzlich mit einer heftigen Bewegung die Vorhänge zurück, und er blickte in den vom trüben Licht der Abenddämmerung schwach erhellten Alkoven. Das Bett war zerwühlt, die Leintücher hingen herab, ein auf den Boden gefallenes Kopfkissen schien wie von Zähnen zerfetzt. Und mitten in den zerknüllten Spitzen, quer über das Bett hingestreckt und mit nackten Füßen, lag der Leichnam eines Mannes.

»Da!« sagte sie mit erstickter Stimme. »Dieser

Mann war mein Geliebter…ich habe ihm einen Stoß gegeben…er ist hingefallen…ich weiß selbst nicht wie. Aber jetzt ist er tot… Sie müssen ihn fortschaffen. Verstehen Sie?… Das ist alles… Ja, das ist alles!«

3

Colombel hatte bereits unter Thérèse de Marsanne leiden müssen, als diese noch ganz klein war. Er war nur sechs Monate älter als sie und Françoise, seine Mutter, hatte ihn mit der Flasche aufgezogen, um bei den Marsannes als Amme dienen zu können. Später wuchs er in einer unbestimmten Stellung im Palais auf, halb als Diener, halb als Spielgefährte des jungen Mädchens.

Thérèse war ein schreckliches Kind. Nicht, daß sie sich jungenhaft und lärmend aufgeführt hätte. Sie wahrte im Gegenteil eine seltsame Ernsthaftigkeit, die ihr bei den Gästen, vor denen sie immer einen hübschen Knicks machte, den Anschein einer gut erzogenen jungen Dame verlieh. Aber sie hatte manchmal die sonderbarsten Anfälle. So konnte sie, wenn sie alleine war, in unartikuliertes Geschrei und verrücktes Getrampel ausbrechen, oder aber sie warf sich in einer Gartenallee auf den Rücken, blieb dort einfach liegen und weigerte sich hartnäckig aufzustehen, trotz der Tracht Prügel, die sie dafür manchmal in Kauf nehmen mußte.

Man wußte nie, was sie dachte. Schon in ihren

großen Kinderaugen war jegliche Flamme erstickt, und anstelle jener klaren Spiegel, in denen man so deutlich die Seele eines jungen Mädchens erkennen kann, hatte sie zwei tintenschwarze Höhlen, in denen man nicht das geringste lesen konnte.

Als sie sechs Jahre alt war, begann sie Colombel zu quälen. Er war klein und schmächtig. Sie zog ihn in einen dunklen Winkel des Gartens, unter die Kastanienbäume. Dort sprang sie ihm auf den Rücken und ließ sich wohl eine Stunde lang um ein großes Rondell herumtragen. Sie zerrte ihn am Hals, stieß ihm ihre Absätze in die Seiten und ließ ihn nicht zu Atem kommen. Er war das Pferd, sie war die Herrin. Wenn er dann nahe daran war, vor Erschöpfung umzufallen, biß sie ihn ins Ohr, daß es blutete und umklammerte ihn mit einer solchen Wildheit, daß ihm ihre spitzen Fingernägel durch die Haut drangen. Dann ging es wieder weiter im Galopp, und diese grausame Königin mit ihren sechs Jahren ritt unter den Bäumen dahin, mit wehenden Haaren und auf dem Rücken eines Knaben, der ihr als Pferd diente.

Später pflegte sie ihn dann in Anwesenheit ihrer Eltern heimlich zu kneifen, ohne daß er aufzuschreien wagte und drohte ihm ständig damit, daß er auf die Straße geworfen würde, wenn er jemals etwas von ihren gemeinsamen Vergnügungen verlauten ließe. So hatten sie schon frühzeitig ihre Geheimnisse und führten zusammen ein Leben, das der Außenwelt verborgen blieb. Waren sie alleine, dann behandelte sie ihn wie ein Spielzeug, das man gerne zerbrochen hätte, um zu sehen, aus was es eigentlich bestand. War sie nicht eine Marquise? Mußten ihr die Leute nicht zu Füßen liegen? Und da man ihr einen kleinen Mann zum Spielen überlassen hatte, konnte sie über diesen doch wohl frei verfügen! Und als es ihr langweilig wurde, über ihn nur dann zu gebieten, wenn sie alleine war, machte sie sich alsbald ein lebhaftes Vergnügen daraus, ihm in Gesellschaft heimliche Fußtritte zu verpassen oder ihn mit einer Nadel in den Arm zu stechen. Dabei drohte sie ihm aus ihren dunklen Augen, so daß er nicht einmal zu zucken wagte.

Colombel ertrug dieses Martyrium mit einer stummen Wut, die ihn erbeben ließ. Er blickte dann starr zur Erde, um der Versuchung zu entgehen, seine junge Herrin zu erwürgen. Aber er war selbst eine hinterhältige Natur. So hatte er nichts dagegen, geschlagen zu werden. Es machte ihm sogar ein eigenartiges Vergnügen, eine Gelegenheit herbeizuführen, bei der sie ihn mit der Nadel stechen konnte. Er empfand dann eine Art Schauer aus Wut und Befriedigung und verlor sich danach in wonnigen Rachegedanken. Übrigens rächte er sich schon jetzt an ihr. So ließ er sich manchmal plötzlich fallen und riß dabei Thérèse mit herab auf den steinigen Boden. Daß er sich dabei etwas brechen konnte, fürchtete er nicht; wenn sich nur Thérèse eine Beule holte. Und wenn sie ihn in Gegenwart anderer mit der Nadel stach, so schrie er nur deshalb nicht auf, damit sich niemand zwischen sie stellen konnte. Es war eine Angelegenheit, die nur sie beide anging, ein Kampf, aus dem er später einmal als Sieger hervorzugehen hoffte.

Der Marquis war sehr in Sorge über das heftige Wesen seiner Tochter. Sie schien einem ihrer Onkel nachzuschlagen, der ein wüstes Abenteuerleben geführt hatte und der an einem übel beleumundeten Ort ermordet wurde. So zog sich durch die Geschichte der Marsannes ein unheilvoller Faden; immer wieder tauchte unter den würdevollen Familienmitgliedern ein Nachkomme auf, der von einem seltsamen Übel gezeichnet war; es war eine Art Wahnsinn, eine Perversion, ein Abschaum, wodurch die Familie dann einige Zeit wieder gereinigt schien. So glaubte der Marquis, Thérèse vorsichtshalber einer energischen Erziehung unterwerfen zu müssen und steckte sie in ein Kloster, von dessen streng geregeltem Leben er eine Mäßigung ihrer Natur erhoffte. Sie blieb dort bis zu ihrem achtzehnten Lebensjahr.

Als Thérèse wieder nach Hause kam, war sie sehr tugendhaft und sehr vernünftig geworden. Ihre Eltern waren glücklich, als sie in ihr eine tiefe Frömmigkeit zu erkennen meinten. In der Kirche kniete sie, das Gesicht in den Händen verborgen, in inbrünstiger Versunkenheit. Und zu Hause umgab sie sich mit einem Hauch von Unschuld und Frieden. Nur einen einzigen Fehler konnte man ihr vorwerfen: sie war ein Schleckermäulchen. Von früh bis spät naschte sie Bonbons, die sie mit halbgeschlossenen Augen und mit einem leichten Beben ihrer roten Lippen auslutschte. Niemand hätte in ihr das verschlossene und trotzige Kind wiedererkannt, das einst mit zerrissenen Kleidern aus dem Garten kam und niemals sagen wollte, bei welchem Spiel es sich so zugerichtet hatte. Der Marquis und die Marquise, die sich seit fünfzehn Jahren ins Innere ihres Palais zurückgezogen hatten, hielten es für ihre Pflicht, ihren Salon jetzt wieder der Gesellschaft zu öffnen. Sie gaben einige Diners und Bälle für die adligen Familien der Gegend. Dabei war es ihr Wunsch, Thérèse zu verheiraten. Trotz ihrer Kälte zeigte sich das junge Mädchen liebenswürdig, schmückte sich mit Kleidern und tanzte, aber alles mit so bleichem, unbeweglichem Gesicht, daß die jungen Männer, die es wagten, sich in sie zu verlieben, geradezu Angst vor ihr bekamen.

Über den kleinen Colombel hatte Thérèse seit ihrer Rückkehr kein Wort verloren. Der Marquis hatte sich um ihn gekümmert, ihm zu einer Ausbildung verholfen und ihn schließlich beim Notar Savournin untergebracht. Eines Tages brachte Françoise ihren Sohn mit und schob ihn vor sich her, um das junge Mädchen an ihren einstigen Spielkameraden zu erinnern. Colombel sah sehr gepflegt aus, lächelte und zeigte nicht die geringste Befangenheit. Thérèse betrachtete ihn in aller Ruhe, sagte dann, sie würde sich tatsächlich an ihn erinnern und wandte ihm daraufhin den Rücken zu. Aber acht Tage später kam Colombel wieder und schon bald nahm er seine alten Gewohnheiten wieder auf. Jeden Abend kam er nach der Arbeit ins Palais und brachte ihr Notenblätter, Bücher oder Zeitschriften. Man machte kein

Aufhebens mit ihm und schickte ihn auf Botengänge wie einen Diener oder einen armen Verwandten. Er gehörte zum Personal und man ließ ihn mit dem jungen Mädchen alleine, ohne sich etwas dabei zu denken. Wie früher schlossen sie sich in dem großen Zimmer ein oder verweilten stundenlang im schattigen Garten. Aber sie spielten nicht mehr ihre alten Spiele. Thérèse schritt langsam im Garten dahin, und ihr Kleid raschelte leise im hohen Gras. Colombel, der wie die reichen jungen Leute der Stadt gekleidet war, begleitete sie und schlug dabei mit einem kleinen Spazierstöckchen, das er immer bei sich trug, auf den Boden.

Und doch wurde sie wieder zur Königin und er zu ihrem Sklaven. Zwar mißhandelte sie ihn nicht mehr, aber sie hatte eine Art, neben ihm herzugehen, die ihn zu einem Lakaien herabsetzte, der die Schleppe seiner Herrin zu tragen hatte. Sie quälte ihn mit ihren Launen, überhäufte ihn mit plötzlicher Liebenswürdigkeit, um ihn gleich darauf mit großer Härte abzuweisen, so wie es ihr gerade gefiel. Aber wenn sie ihr Gesicht abwandte, dann streifte er sie mit einem jäh aufleuchtenden, stechenden Blick und seine ganze lasterhafte Gestalt erhielt einen lauernden Ausdruck, als würde er auf irgendeine Gemeinheit sinnen.

An einem Sommerabend, als sie schon längere Zeit im tiefen Schatten der Kastanienbäume spazieren gegangen waren, fragte Thérèse nach einem kurzen Schweigen mit ernster Stimme: »Hören Sie mal, Colombel, ich bin ziemlich müde. Wie wäre es, wenn Sie mich tragen würden, so wie früher, wissen Sie noch?«

Er lachte leise. Dann antwortete er sehr ernst: »Das will ich gerne tun, Thérèse.«

Sie aber ging weiter und sagte nur: »Ist gut. Ich wollte es nur wissen.«

Sie setzten ihren Spaziergang fort. Die Nacht kam, und unter den Bäumen wurde es dunkel. Sie sprachen über eine Dame aus der Stadt, die gerade einen Offizier geheiratet hatte. Als sie auf einen sehr engen Weg einbogen, wollte der junge Mann zur Seite gehen, um ihr den Vortritt zu lassen, aber sie stieß ihn heftig vorwärts und bedeutete ihm, voranzugehen. Dann schwiegen beide.

Plötzlich sprang Thérèse mit ihrer alten mädchenhaften Wildheit auf Colombels Rücken.

»Los gehts!« rief sie mit veränderter, vor Leidenschaft bebender Stimme.

Sie hatte ihm den Spazierstock entrissen und schlug ihm damit auf die Schenkel. An seinen Schultern festgeklammert und im festen, fast erstickenden Griff ihrer Schenkel trieb sie ihn wie verrückt in die Dunkelheit des Parks hinein. Lange schlug sie auf ihn ein, um ihn anzutreiben. Colombels überstürzter Galopp war im Gras nicht zu hören. Er hatte kein Wort gesprochen, keuchte nur und taumelte auf seinen kurzen Beinen unter der Last dieses großen Mädchens, das ihm fast das Genick brach.

Aber als sie ihm zurief: »Genug jetzt!« da hielt er nicht an, sondern galoppierte noch schneller, wie von seinem eigenen Schwung davongetragen. Die Hände auf dem Rücken fest geschlossen, hielt er ihre Knie so eisern umklammert, daß sie nicht abspringen konnte. Jetzt war er das rasende Pferd, das mit seiner Herrin durchging. Plötzlich rannte er, trotz Stockschlägen und Kratzwunden, auf einen Schuppen zu, in dem der Gärtner seine Arbeitsgeräte aufbewahrte. Dort warf er sie aufs Stroh und vergewaltigte sie. Und von nun an war er es, der die Herrschaft übernahm.

Thérèse war noch bleicher geworden. Ihre Lippen wurden noch röter und ihre Augen noch schwärzer. Nach außen setzte sie ihr frommes Leben fort. Einige Tage später wiederholte sich die gleiche Szene. Sie sprang auf Colombels Rücken und wollte ihn bändigen und wieder wurde sie im Schuppen auf das Stroh geworfen. In der Öffentlichkeit behandelte sie ihn weiterhin mit der herablassenden Freundlichkeit einer großen Schwester. Und auch er bewahrte eine lächelnde Schweigsamkeit. Aber insgeheim waren sie noch so wie damals mit sechs Jahren: Zwei wilde, hemmungslose Tiere, die sich mit Lust ineinander verbeißen. Nur war er jetzt das Männchen, welches in den Stunden der Begierde die Oberhand gewann.

Ihre Liebe hatte etwas grauenhaftes. Thérèse empfing Colombel auch in ihrem Zimmer. Sie hatte ihm einen Schlüssel für die kleine Gartentür, die zum Gäßchen des Stadtwalls hinausführte, ausgehändigt. In der Nacht mußte er dabei durch jenes erste Zimmer gehen, in dem ausgerechnet seine

Mutter schlief. Aber das Liebespaar zeigte eine solche Kaltblütigkeit, daß man es niemals ertappte. Die beiden wagten es sogar, sich am hellichten Tag zu treffen. Colombel kam vor dem Abendessen, von Thérèse erwartet, die dann die Fenster schloß, um den Blicken der Nachbarn zu entgehen. Sie hatten das Verlangen, sich ständig zu sehen, nicht um sich die zärtlichen Worte von Zwanzigjährigen zu sagen, sondern um ihren hochmütigen Kampf fortzusetzen. Oft stritten sie, beschimpften sich gegenseitig mit zischender Stimme und bebten vor Wut, weil sie ihrem Drang, sich gegenseitig anzuschreien und zu schlagen nicht nachkommen konnten.

Eines Abends kam Colombel wieder vor dem Abendessen. Und während er mit bloßen Füßen und in Hemdsärmeln im Zimmer auf und ab ging, kam ihm der Gedanke, Thérèse zu packen und in die Höhe zu stemmen, so wie es Jahrmarkts-Athleten mit einem Besiegten zu tun pflegen. Thérèse entwand sich ihm und sagte: »Hör auf damit, du weißt, ich bin stärker als du. Ich würde dir doch nur weh tun.«

Colombel grinste.

»Also gut, tu mir weh!« murmelte er.

Dabei hielt er sie noch immer gepackt und suchte sie, während sie sich wütend wehrte, zu Boden zu werfen. In ihrer Kampflust trieben sie oft dieses Spiel. Meist war es Colombel, der dann unterlag, halb erstickt und völlig entkräftet. Er war zu klein. Und dann hob sie ihn wieder auf und drückte ihn wie eine Riesin an sich, daß er fast erstickte.

Aber an diesem Tag ging Thérèse in die Knie und Colombel warf sie mit einem jähen Ruck zu Boden. Triumphierend stand er über ihr.

»Siehst du jetzt, daß du nicht die Stärkere bist?« sagte er mit einem verächtlichen Lachen.

Sie war leichenblaß geworden. Sie erhob sich langsam, und ohne ein Wort zu sagen, packte sie ihn. Dabei bebte sie so sehr vor Wut, daß er selbst erschauerte. Oh! Ihn erwürgen, ihn fertigmachen, ihn ein für allemal und endgültig besiegen! Eine Minute lang rangen sie stumm, keuchend und verbissen miteinander. Jetzt war es kein Spiel mehr. Ein eisiger Hauch von Mordlust schwebte über ihnen. Er begann zu röcheln. Sie fürchtete, daß man sie hören könne und stieß ihn mit einer letzten, gewaltigen Kraftanstrengung von sich. Er schlug mit der Schläfe gegen die Ecke der Kommode und stürzte schwer zu Boden.

Einen Augenblick lang atmete Thérèse auf. Sie brachte ihre Haare vor dem Spiegel wieder in Ordnung, strich ihren Rock glatt und tat, als kümmere sie sich nicht weiter um den Besiegten. Er konnte ja schließlich alleine wieder aufstehen. Dann stieß sie ihn mit dem Fuß an. Und als er sich noch immer nicht rührte, beugte sie sich schließlich über ihn, während ein leises Frösteln über ihren Nacken rieselte. Dann sah sie Colombels wachsbleiches Gesicht, seine glasigen Augen und seinen verzerrten Mund. An seiner rechten Schläfe war ein kleines Loch. Er hatte sie sich an der Kante der Kommode eingeschlagen. Colombel war tot.

Sie richtete sich auf, erstarrte und rief laut in die Stille hinein: »Tot! Jetzt ist er tot!«

Und plötzlich, im Bewußtsein, daß dies alles Wirklichkeit ist, packte sie eine grauenvolle Angst. Ja, für einen Augenblick hatte sie schon den Wunsch verspürt, ihn zu töten. Aber das war nur ein Moment unbeherrschten Zornes. Oftmals wünscht man den Tod eines Gegners herbei, aber es bleibt dann doch beim Gedanken, denn Tote machen immer Scherereien. Nein, nein, sie traf keine Schuld. Das hatte sie nicht gewollt. Und auch noch in ihrem eigenen Zimmer!

Sie sprach weiter laut und in abgerissenen Sätzen vor sich hin: »Also gut! Es ist zu Ende... Er ist tot... Alleine kommt er hier nicht raus!«

Das eisige Entsetzen des ersten Augenblicks wich einem Fieber, das ihr wie eine Glutwelle aus den Eingeweiden in die Kehle stieg. Sie hatte einen toten Mann im Zimmer. Sie würde nie erklären können, wie er hierher gekommen war, mit nackten Füßen, in Hemdsärmeln und mit einem Loch in der Schläfe. Sie war verloren.

Thérèse bückte sich und betrachtete die Wunde. In ihrem Schrecken verharrte sie wie gelähmt über dem Leichnam. Sie hörte Françoise, Colombels Mutter, über den Flur gehen. Andere Geräusche folgten, Schritte, Stimmen, die Vorbereitungen für eine Soirée, die heute stattfinden sollte. Man könnte sie jeden Augenblick rufen oder holen kommen. Und dann läge dieser Tote da, ihr Liebhaber, den sie umgebracht hatte und der ihr jetzt mit dem erdrückenden Gewicht ihrer gemeinsamen Verfehlungen auf den Schultern lastete.

Wie betäubt von dem Lärm, der in ihrem Kopf immer lauter wurde, richtete sie sich auf und lief wie ein Tiger in ihrem Zimmer hin und her. Es war, als suche sie irgendein Loch, in das sie diesen Leichnam werfen könne, der ihr jetzt ihre ganze Zukunft gefährdete. Sie sah unter die Möbel, blickte in alle Ecken und zitterte vor ohnmächtiger Wut. Nein, es gab dieses Loch nicht; der Alkoven war nicht tief genug, die Schränke waren zu schmal, das ganze Zimmer verweigerte ihr jede Hilfe. Und dabei hatten sie doch gerade hier ihr Liebesgeheimnis verstecken können. Er kam und ging auf Katzenpfoten. Nie hätte sie geglaubt, daß er einmal so schwer werden würde.

Im verzweifelten Tanz eines gefangenen wilden Tieres raste Thérèse noch immer hilflos im Zimmer hin und her. Dann glaubte sie plötzlich eine Erleuchtung zu haben. Wenn sie Colombel einfach aus dem Fenster würfe? Aber man würde ihn finden und schnell herausbekommen, von wo er herabgestürzt war. Unterdessen schob sie den Vorhang etwas zur Seite, um auf die Straße zu sehen. Und da erblickte sie den jungen Mann von gegenüber, jenen flötespielenden Dummkopf, wie er mit seiner hündisch ergebenen Miene am Fenster lehnte. Sie kannte es sehr gut, dieses blasse Gesicht, das sie mit seiner feigen Anbetung unaufhörlich anstarrte und das ihr so auf die Nerven ging. Der Anblick des so demütig verliebten Julien brachte sie plötzlich auf einen Gedanken. Ein Lächeln erhellte ihr bleiches Gesicht. Das war die Rettung! Der Dummkopf gegenüber liebte sie mit der Hingabe einer angeketteten Dogge; er würde ihr in jedes Verbrechen folgen. Und sie würde ihn dafür auch belohnen, mit ihrem ganzen Herzen, mit ihrem ganzen Körper. Sie liebte ihn nicht, denn er war ein Weichling; aber jetzt würde sie ihn lieben, jetzt würde sie ihn an sich fesseln mit der Hingabe ihres Körpers, wenn er sich nur für sie die Hände blutig machte. Ihre Lippen zuckten leise, wie gebannt im Vorgeschmack einer von unbekanntem Grauen erfüllten Liebe.

Jetzt hob sie den Leichnam wie ein Bündel Wäsche auf und trug ihn aufs Bett. Dann öffnete sie das Fenster und warf Julien ihre Kußhände zu.

4

Julien bewegte sich wie in einem schweren Traum. Als er Colombel auf dem Bett wiedererkannte, war er keineswegs erstaunt, sondern empfand alles wie selbstverständlich. Ja, nur Colombel konnte in diesem Alkoven liegen, mit der eingedrückten Schläfe und den verrenkten Gliedern, ein Bild abscheulicher Schamlosigkeit.

Inzwischen redete Thérèse beharrlich auf ihn ein. Zuerst verstand er kein Wort, ihre Sätze klangen wie ein ferner Lärm in seinen betäubten Ohren. Dann begriff er, daß sie ihm Anweisungen gab und begann zuzuhören. Er dürfe jetzt das Zimmer nicht mehr verlassen, er müsse bis Mitternacht bleiben und warten, bis das Haus wieder leer war und im Dunkeln lag. Die Soirée, die der Marquis gab, hindere sie daran, sofort zu handeln; aber andererseits sei dies auch ein glücklicher Umstand, denn alle waren zu sehr beschäftigt um auf den Gedanken zu kommen, das junge Mädchen in ihrem Zimmer aufzusuchen. Wenn die Stunde gekommen sei, sollte Julien den Leichnam auf die Schulter nehmen und hinuntertragen und ihn am Ende der Rue Beau-Soleil in den Chanteclair werfen. So wie Thérèse ihren Plan in vollkommener Ruhe erläuterte, schien es nichts einfacheres auf der Welt zu geben.

Als sie alles gesagt hatte, legte sie ihre Hände auf die Schultern des jungen Mannes und fragte: »Haben Sie verstanden? Ist das abgemacht?«

Er fuhr zusammen.

»Ja, ja, alles was sie wollen. Ich tue alles für Sie.«

Mit großem Ernst neigte sie sich zu ihm hin. Und als er nicht verstand, was sie wollte, sagte sie: »Küssen Sie mich.«

Er drückte zitternd einen Kuß auf ihre eiskalte Stirn. Und dann schwiegen sie beide.

Thérèse hatte die Bettvorhänge wieder zugezogen. Sie ließ sich in einen Sessel fallen, um ganz in sich versunken endlich etwas auszuruhen. Nachdem Julien noch eine Weile stehengeblieben war, setzte er sich ebenfalls auf einen Stuhl. Françoise war nicht mehr nebenan, und im Hause hörte man nur noch gedämpfte Geräusche. Das Zimmer schien in Schlaf zu versinken und füllte sich nach und nach mit Dunkelheit.

Seit fast einer Stunde rührte sich nichts mehr. Julien verspürte ein heftiges Pochen in seinen Schläfen, das ihn hinderte, einen klaren Gedanken zu fassen. Er war bei Thérèse, und das allein erfüllte ihn mit Glückseligkeit. Dann, als ihm plötzlich bewußt wurde, daß dort hinter den Vorhängen im Alkoven der Leichnam eines Mannes lag, erschauerte er und war einer Ohnmacht nahe. Sie hatte dieses Scheusal geliebt! Mein Gott, wie war das nur möglich? Er verzieh ihr, daß sie ihn getötet hatte; aber was ihn so maßlos empörte, das waren Colombels nackte Füße, die nackten Füße dieses Mannes auf den Spitzentüchern ihres Bettes. Mit welchem Genuß würde er ihn in den Chanteclair werfen, dort, am Ende der Brücke, wo, wie er wußte, das Wasser so tief und so schwarz war! Dann wären sie ihn beide los und würden sich für immer angehören. Doch bei dem Gedanken an dieses Glück, von dem er am Morgen noch nicht einmal zu träumen gewagt hatte, sah er sich plötzlich auf diesem Bett, an der gleichen Stelle, wo jetzt der Leichnam lag, und die Stelle war kalt, und ein tiefes Entsetzen ergriff ihn.

Thérèse lag in ihrem Lehnstuhl und bewegte sich nicht. Vor dem Zwielicht des Fensters sah er nur ihren Haarknoten als dunklen Fleck. Sie hatte das Gesicht mit beiden Händen bedeckt, und es war nicht zu erraten, welches Gefühl sie so sehr erschütterte. War es nur die körperliche Ermüdung nach den schrecklichen Ereignissen, die hinter ihr lagen? Oder war es bittere Reue, Trauer um den Geliebten, der dort in seinem letzten Schlaf lag? Brütete sie in aller Ruhe über ihrem Plan zur eigenen Rettung, oder wollte sie nur die Spuren der Angst auf ihrem Gesicht im Dunkeln verbergen? Er konnte es nicht ergründen.

Mitten in die große Stille hinein schlug die Uhr. Da erhob sich Thérèse langsam und zündete die Kerzen auf ihrem Toilettentisch an. Sie hatte ihre unerschütterliche, schöne Ruhe wiedergefunden. Sie schien den Leichnam hinter den rosaseidenen Vorhängen vergessen zu haben und ging mit ruhigen Schritten im Zimmer hin und her, wie jemand, der in den eigenen vier Wänden seiner gewohnten Beschäftigung nachgeht. Und während sie ihre Haare auflöste, sagte sie, ohne sich auch nur umzudrehen: »Ich werde mich jetzt für das Fest umziehen... Wenn jemand kommt, dann verstecken Sie sich im Alkoven.«

Er blieb sitzen und sah ihr zu. Sie behandelte ihn bereits wie ihren Liebhaber, so als hätte die blutige Mitwisserschaft, die sie ihm aufgezwungen hatte, das gegenseitige Vertrautsein einer langjährigen Liebschaft geschaffen.

Sie frisierte sich mit erhobenen Armen. Er betrachtete sie mit einem leisen Schauder, so begehrenswert war sie mit ihren entblößten Schultern, während sie ihre zarten Ellbogen zwanglos in der Luft bewegte und mit den schlanken Fingern ihre Locken wickelte. Wollte sie ihn jetzt schon betören, ihm die Geliebte zeigen, die er gewinnen würde, um damit seinen Mut zu stärken?

Gerade als sie sich die Schuhe anzog, waren von draußen Schritte zu hören.

»Verstecken Sie sich im Alkoven«, sagte sie leise. Und mit einer raschen Bewegung warf sie die ganze Wäsche, die sie gerade ausgezogen hatte und die noch warm nach ihrem Körper duftete, über Colombels erstarrten Leichnam.

Françoise kam herein und sagte: »Man erwartet Sie bereits, Mademoiselle.«

»Gleich, meine Liebe«, antwortete Thérèse seelenruhig. »Komm, hilf mir mein Kleid anziehen.«

Julien konnte die beiden durch einen Spalt zwischen den Vorhängen sehen und ihn schauderte vor der Kühnheit des jungen Mädchens; seine Zähne schlugen so heftig aufeinander, daß er sein Kinn in die Faust pressen mußte, um nicht gehört zu werden. Neben ihm sah er unter der darübergeworfenen Wäsche einen der bloßen Füße Colombels hervorragen. Wenn Françoise, seine Mutter, jetzt den Vorhang zurückgezogen hätte und dabei an den Fuß ihres Kindes gestoßen wäre, an diesen nackten, vorstehenden Fuß!

»Gib acht«, sagte Thérèse, »sei vorsichtig, du reißt die Blumen ab.«

Ihre Stimme verriet keinerlei Bewegung. Sie lachte sogar, wie ein glückliches Mädchen, das auf einen Ball geht. Das Kleid war aus weißer Seide, mit wilden Rosen geschmückt, zwischen deren weißen Blättern ein rosafarbenes Blütenherz schimmerte.

Und wie sie jetzt so in der Mitte des Zimmers stand, glich sie selbst einem großen, jungfräulichen und weißleuchtenden Blumenstrauß. Ihre bloßen Arme und ihr Hals strahlten so weiß wie die Seide ihres Kleides.

»Ach, wie schön Sie sind, wie schön!« rief die alte Françoise voller Bewunderung. »Warten Sie, Ihr Kranz fehlt noch!«

Sie schien danach zu suchen, ergriff mit der Hand den Vorhang, um auf dem Bett nachzusehen. Julien hätte vor Schreck beinahe laut aufgeschrien. Aber Thérèse sagte in aller Ruhe, während sie noch immer lächelnd vor dem Spiegel stand: »Der Kranz liegt dort, auf der Kommode. Gib ihn mir. Und laß mein Bett in Ruhe. Ich habe dort einiges hergerichtet. Du würdest es nur durcheinanderbringen.«

Françoise half ihr, den langen Rosenzweig so um ihr Haar zu winden, daß dessen Ende weich in ihren Nacken herabfiel. Dann blieb Thérèse noch einen Augenblick stehen und betrachtete sich voller Wohlgefallen. Sie war bereit und streifte sich nur noch die Handschuhe über.

»Wahrhaftig!« wiederholte Françoise, »so schön und so weiß wie die heilige Jungfrau in der Kirche!«

Das junge Mädchen lächelte erneut über dieses Kompliment. Dann warf sie einen letzten Blick in den Spiegel, wandte sich zur Tür und sagte: »Also, gehen wir hinunter... Du kannst die Kerzen löschen.«

In der plötzlichen Dunkelheit hörte Julien, wie die Tür ins Schloß fiel und wie sich Thérèse mit ihrem seidig raschelnden Kleid im Flur entfernte. Er setzte sich auf den Fußboden zwischen dem Bett und der Wand und wagte noch nicht, den Alkoven zu verlassen. Die tiefe Dunkelheit legte sich wie ein Schleier vor seine Augen; aber er fühlte noch immer diesen nackten Fuß neben sich, der das ganze Zimmer mit seiner Kälte zu durchdringen schien. Er wußte nicht, wie lange er so in dumpfem Brüten dagesessen hatte, als sich die Tür wieder öffnete. Am leisen Knistern des Seidenkleides erkannte er Thérèse. Sie kam nicht zu ihm heran; sie legte nur etwas auf der Kommode ab und flüsterte: »Sie haben sicher nichts gegessen... Sie müssen etwas zu sich nehmen, hören Sie!«

Und wieder hörte Julien, wie sich Thérèse mit dem leisen Geräusch ihres Kleides im Korridor entfernte. Da sprang er auf. Er glaubte jetzt in diesem Alkoven zu ersticken; er konnte es nicht länger neben diesem Bett aushalten, an der Seite des toten Colombel. Die Uhr schlug acht, er hatte jetzt noch mindestens vier Stunden zu warten. Mit leisen Schritten ging er im Zimmer auf und ab.

Eine matte Helligkeit, die Helligkeit einer sternenklaren Nacht, ließ ihn die dunklen Schatten der Möbel unterscheiden. Einige Ecken lagen in völligem Dunkel. Nur der Spiegel schimmerte in dem matten Glanz alten Silbers. Julien war von Natur aus nicht ängstlich; aber in diesem Zimmer trat ihm alle Augenblicke der Angstschweiß auf die Stirn. Es war ihm, als würden sich ringsum die dunklen Schatten der Möbel drohend auf ihn zubewegen. Dreimal glaubte er sogar ein Seufzen aus dem Alkoven zu vernehmen. Entsetzt blieb er stehen. Doch als er genauer hinhörte, waren es die von unten heraufdringenden Geräusche des Festes, die Tanzweisen und das fröhliche Stimmengewirr der Gäste. Er schloß die Augen; da sah er vor sich anstelle seines dunklen Zimmers einen in blendendem Licht erstrahlenden Salon, und er sah Thérèse, wie sie sich in ihrem weißen Kleid in den Armen eines Tänzers zu einer zärtlichen Melodie hin und her wiegte. Das ganze Palais war durchdrungen von frohen Klängen, nur er allein schlotterte in diesem schrecklichen Winkel vor Angst. Plötzlich fuhr er zurück und die Haare sträubten sich ihm: er glaubte, auf einem Sessel einen Lichtschein aufflammen zu sehen. Als er sich dann aber mutig näherte und ihn zu berühren wagte, da war es ein Korsett aus weißem Satin. Er nahm es auf, vergrub sein Gesicht in diesem weichen Stoff, der den stolzen Busen des jungen Mädchens umhüllt hatte und sog lange seinen Duft ein, um sich zu betäuben.

Oh, welche Wonnen! Alles wollte er vergessen. Nein, das hier war keine Totenwache, es war die Wache über seine Liebe. Er lehnte die Stirn gegen die Fensterscheibe, den Satin weiter an die Lippen gepreßt, und die Geschichte seiner Liebe zog noch einmal an ihm vorbei. Gegenüber, auf der anderen Straßenseite, sah er sein Zimmer, dessen Fenster offengeblieben waren. Von dort aus hatte er Thérèse erobert, während der langen Abende seines hingebungsvollen Spiels. Seine Flöte sprach von seiner

Zärtlichkeit, gestand alles mit einer so schüchternen und zärtlichen Stimme, daß das junge Mädchen sich schließlich ergab und ihm ihr Lächeln schenkte. Dieses Stück Seide, das er immer wieder küßte, war ihre Seide, ein Stückchen ihrer seidenweichen Haut, das sie ihm überlassen hatte, damit er nicht ungeduldig würde. Sein Traum war so deutlich, daß er das Fenster verließ und zur Tür eilte, weil er sie zu hören glaubte.

Die Kälte des Zimmers brachte ihn zur Vernunft, und ernüchtert kam ihm wieder die klare Erinnerung. Eine wütende Entschlossenheit packte ihn. Nein, er würde nicht zögern, er würde noch in der gleichen Nacht wiederkommen! Sie war zu schön, und er liebte sie zu sehr. Wenn die Liebe ein verbrecherisches Geheimnis birgt, dann muß sie von einer gewaltigen Leidenschaft beherrscht sein. Ja, er würde wiederkommen, sofort, ohne eine Minute zu verlieren, sobald er seine Last in den Fluß geworfen hatte! Und ganz außer sich, geschüttelt vom Zusammenbruch seiner Nerven, schlug er seine Zähne in das Seidenkorsett und vergrub seinen Kopf in dem weichen Stoff, um sein heißes Schluchzen zu ersticken.

Es schlug zehn. Er lauschte. Er glaubte schon Jahre hier zu sein. Stumpfsinnig wartete er weiter. Als seine Hände im Dunkeln das auf die Kommode gelegte Brot und die Früchte berührten, begann er stehend zu essen, gierig und mit einem Heißhunger, den er nicht zu stillen vermochte. Das würde ihm vielleicht neue Kräfte verleihen. Dann, als er gegessen hatte, überkam ihn eine große Müdigkeit. Die

Nacht schien kein Ende nehmen zu wollen. Von unten drang die Musik jetzt deutlicher zu ihm herauf; die Schritte der Tänzer erschütterten manchmal das Parkett; dann begannen draußen die ersten Wagen davonzufahren. Als er einen Lichtschein, gleich einem Stern, durch das Schlüsselloch schimmern sah, da starrte er nur noch auf die Tür. Er versteckte sich jetzt nicht mehr. Sollten sie nur hereinkommen!

»Nein danke, Françoise«, sagte Thérèse, als sie mit einer Kerze in der Hand eintrat. »Ich kann mich wirklich alleine ausziehen... Leg dich schlafen, du mußt müde sein.«

Sie machte die Tür zu und schob den Riegel vor. Dann blieb sie einen Augenblick mit dem Kerzenleuchter in der Hand unbeweglich stehen und legte einen Finger auf die Lippen. Sie sagte nichts, stellte den Leuchter ab und setzte sich Julien gegenüber. Noch eine weitere halbe Stunde warteten sie und sahen sich dabei stumm an.

Die Tore draußen waren zugeschlagen und das Palais versank in Schlaf. Aber Thérèse war noch immer beunruhigt wegen der Nachbarschaft von Françoise; die alte Frau schlief im Zimmer nebenan. Man hörte sie noch einige Minuten herumgehen, dann krachte ihr Bett; sie hatte sich hingelegt. Aber sie wälzte sich noch lange in ihren Kissen herum, als könne sie nicht einschlafen. Schließlich hörte man tiefe und regelmäßige Atemzüge jenseits der Wand.

Thérèse blickte Julien noch immer ernst an. Dann sagte sie nur: »Los jetzt!«

Sie zogen die Bettvorhänge zurück, um den Leichnam des kleinen Colombel anzukleiden, der bereits so steif war wie ein trauriger Hampelmann. Als dies endlich erledigt war, stand beiden der Schweiß auf der Stirn.

»Los jetzt!« wiederholte sie.

Julien packte den kleinen Colombel ohne zu zögern und lud ihn sich mit einem einzigen Schwung auf die Schultern, wie die Metzger es mit den Kälbern tun. Er beugte seinen großen Körper etwas nach vorn, so daß die Füße der Leiche etwa einen Meter über dem Boden hingen.

»Ich gehe voraus«, flüsterte Thérèse rasch. »Ich halte Sie an Ihrem Rock fest, Sie brauchen sich nur führen zu lassen. Aber gehen Sie leise.«

Sie mußten zuerst durch das Zimmer von Françoise. Das war der schlimmste Moment. Sie hatten den Raum bereits durchquert, als ein Fuß der Leiche gegen einen Stuhl stieß. Dieses Geräusch weckte Françoise. Sie hörten, wie sie den Kopf hob und etwas vor sich hin murmelte. Beide verharrten unbeweglich, sie direkt an der Tür und er gebeugt unter dem Gewicht des toten Körpers; eine schreckliche Furcht ergriff sie, von der Mutter in dem Augenblick überrascht zu werden, als sie gerade dabei waren, ihren Sohn zum Fluß zu schaffen. Es war eine Minute entsetzlicher Angst. Schließlich schien Françoise wieder einzuschlafen, und sie gingen vorsichtig weiter, den Korridor entlang.

Aber hier wartete ein weiterer Schrecken auf sie. Die Marquise hatte sich noch nicht zur Ruhe begeben; ein Lichtstrahl drang durch den Spalt ihrer halbgeöffneten Tür. Sie wagten weder vorwärts zu gehen noch umzukehren. Julien spürte genau, daß ihm der kleine Colombel von den Schultern gleiten würde, wenn er gezwungen wäre, ein zweites Mal das Zimmer von Françoise zu durchqueren. Fast eine Viertelstunde rührten sie sich nicht von der Stelle; Thérèse hatte noch den grauenhaften Mut, die Leiche zu stützen, damit Julien nicht zusammenbrechen würde. Endlich erlosch das Licht und sie konnten ins Erdgeschoß hinuntersteigen. Sie waren gerettet.

Noch einmal öffnete Thérèse in dieser Nacht die alte, vergessene Haustür, und als sich Julien mit seiner Last mitten auf der Place des Quatre-Femmes wiederfand, sah er sie oben auf der Freitreppe stehen, mit bloßen Armen, in ihrem weißen Ballkleid. Sie wartete auf ihn.

5

Julien war stark wie ein Ochse. Als Junge hatte er bereits im benachbarten Wald gerne den Holzfällern geholfen und hatte sich ganze Baumstämme auf seinen Kinderrücken geladen. So trug er jetzt den kleinen Colombel wie eine leichte Feder. Sie wog nicht mehr als ein Vogel an seinem Hals, diese tote Mißgeburt. Er spürte ihn kaum, und er empfand eine hämische Freude darüber, daß er so leicht, so dünn, so gar nichts war. Der kleine Colombel würde jetzt nicht mehr grinsend unter seinem Fenster vorbeigehen, wenn er Flöte spielte, und er würde ihn in der Stadt auch nicht mehr mit seinem Spott kränken können. Und bei dem Gedanken, daß sein einst glücklicher Rivale jetzt steif und kalt auf seinen Schultern lag, rieselten ihm Schauer der Genugtuung durchs Blut. Er warf seine Last mit einem Schulterzucken noch höher in den Nacken hinauf, biß die Zähne zusammen und beschleunigte seine Schritte.

Die Stadt lag in tiefer Dunkelheit. Nur im Fenster des Capitaine Pidoux, auf der Place des Quatre-Femmes, sah er noch Licht. Offenbar konnte der Capitaine nicht einschlafen; man sah die Umrisse seines dicken Bauches hinter dem Vorhang auf und ab gehen. Julien wurde unruhig; er ging auf der gegenüberliegenden Seite dicht an den Häusern entlang, als ihn plötzlich ein leichtes Husten erstarren ließ. Er blieb unter einem Haustor stehen und erkannte die Frau des Notars Savournin, die etwas Luft schöpfte und dabei seufzend zu den Sternen hinaufsah. Das war ein äußerst unglücklicher Zufall, denn gewöhnlich lag zu dieser Stunde die Place des Quatre-Femmes bereits in tiefem Schlaf. Glücklicherweise kehrte Madame Savournin schließlich zum Kopfkissen von Monsieur zurück, dessen lautes Schnarchen durch das offene Fenster bis auf die Straße drang. Als das Fenster wieder geschlossen war, überquerte Julien schnell den Platz, wobei er die gequälte, hin und her tanzende Silhouette des Capitain Pidoux ständig im Auge behielt.

In der engen Rue Beau-Soleil fühlte er sich wieder sicher. Hier standen die Häuser einander so dicht gegenüber, und die Straßen gingen in solchen Windungen bergab, daß die Helligkeit der Sterne nicht bis in die dunklen Tiefen dieser Häuserschluchten dringen konnte. Als er sich so in Sicherheit fühlte, überkam ihn ein unwiderstehlicher Drang, in einem verrückten Galopp weiterzulaufen. Er wußte genau, das war gefährlich und dumm, aber er konnte nicht anders. Hinter sich spürte er noch immer das leere und helle Viereck der Place des Quatre-Femmes mit den beleuchteten Fenstern der Notarin und des Capitain, die ihm wie zwei große Augen nachzublicken schienen. Seine Tritte hallten so laut auf dem Pflaster, daß er sich verfolgt glaubte. Plötzlich blieb er stehen. Etwa dreißig Meter vor sich vernahm er die Stimmen einiger Offiziere. Es waren die Gäste der Table d'hôte, die von einer blonden Witwe in der Rue Beau-Soleil geführt wurde. Die Herren hatten sich offenbar noch einen Punsch genehmigt, um die Beförderung eines Kameraden zu feiern. Der junge Mann wußte, daß er verloren war, wenn sie die Straße heraufkommen würden; es gab keine Seitengasse, in die er hätte entweichen können, und zum Umkehren war es zu spät. Er hörte ihre Schritte und das leise Klirren ihrer Säbel, und eine würgende Angst packte ihn. Einen Augenblick lang war ihm nicht klar, ob sich die Schritte näherten oder entfernten. Doch dann wurden die Geräusche immer schwächer. Er wartete noch etwas, dann setzte er sich wieder so leise wie möglich in Bewegung. Er wäre barfuß gegangen, aber er wagte nicht, sich die Zeit zu nehmen, seine Schuhe auszuziehen.

Schließlich stand Julien vor dem Stadttor. Es gab hier weder einen Zöllner noch irgendeinen Wachtposten. So konnte er ungehindert hinausgehen. Aber nach der engen Rue Beau-Soleil erschreckte ihn jetzt die Weite der Landschaft, die sich so plötzlich vor ihm auftat und die in ein mildes blaues Licht getaucht war. Es wehte ein frischer Wind, und es schien ihm gerade so, als würde er von einer großen Menschenmenge erwartet, die ihm ihren Atem ins Gesicht blies. Sie mußte ihn jetzt sehen; ein gewaltiger Schrei würde sich gleich erheben und ihn auf der Stelle niederschmettern.

Aber dort war die Brücke. Er konnte bereits die helle Straße und die beiden Brüstungen unterscheiden, die niedrigen, grauen Granitbänken glichen, und er vernahm das leise, kristallene Plätschern des durch das hohe Gras fließenden Chanteclair. Jetzt nahm er allen Mut zusammen, ging mit gebeugtem Rücken weiter und glaubte sich dabei von tausend stummen Zeugen beobachtet, die er um sich wähnte. Das schlimmste Stück war die Brücke selbst, die er völlig ungeschützt gegenüber der wie ein Amphitheater im Halbrund sich erhebenden Stadt überqueren mußte. Aber er wollte bis ans Ende dieser Brücke, bis zu jener Stelle, wo er gewöhnlich an schönen Sommerabenden saß, mit den Beinen über dem Wasser baumelte und die frische Luft in tiefen Zügen einatmete. Hier hatte der Chanteclair ein tiefes Loch, über dem eine scheinbar stille, schwarze

Wasserfläche ruhte. Die heftigen inneren Wirbel drangen an dieser Stelle nur als kleine, sich immer wieder erneuernde Grübchen zur Oberfläche. Wie oft hatte er sich hier damit vergnügt, kleine Steine ins Wasser zu werfen, um an den aufsteigenden Luftbläschen die Tiefe des Lochs abzuschätzen! Mit einer letzten Willensanstrengung überquerte er die Brücke.

Ja, hier war es. Julien erkannte die Steinplatte, die von seinem häufigen Sitzen schon ganz glattpoliert war. Er beugte sich vor und blickte auf die Wasseroberfläche, die mit ihren rasch wechselnden Grübchen heraufzulächeln schien. Hier war es. Und er warf seine Last auf die Brüstung. Er hatte das unwiderstehliche Bedürfnis, den kleinen Colombel noch ein letztes Mal anzusehen, ehe er ihn hinunterwarf. Auch wenn die Augen aller Bürger der Stadt jetzt auf ihn gerichtet wären, sie hätten ihn nicht davon abhalten können. So stand er einige Sekunden vor der Leiche, von Angesicht zu Angesicht. Das Loch an der Schläfe war schwarz geworden. Über das verschlafene Land drang von weither, wie große Schluchzer, das gleichmäßige Rädergeräusch eines Bauernkarrens. Jetzt konnte es Julien nicht schnell genug gehen. Um einen allzu großen Lärm beim Aufschlagen auf dem Wasser zu vermeiden, umfaßte er die Leiche erneut, damit er sie langsam hinabgleiten lassen konnte. Aber er wußte nicht, wie es geschah; die Arme des Toten schlangen sich ihm um den Hals, so fest, daß er beinahe selbst mit hinuntergezogen worden wäre. Wie durch ein Wunder konnte er sich noch im letzten Augenblick an einem Pfeiler festhalten. Der kleine Colombel wollte ihn mit sich nehmen.

Als er wieder auf der Steinplatte saß, überfiel ihn eine plötzliche Schwäche. Erschöpft saß er da, mit krummem Rücken und baumelnden Beinen, ganz in der müden Haltung eines Wanderers, so wie er sich früher schon öfter hier niedergelassen hatte. Und er sah hinab auf das stille Wasser mit seinen darüberhuschenden kleinen Wellen. So viel war sicher, der kleine Colombel hatte ihn mitnehmen wollen; mausetot war er, und doch hatte er ihn am Hals gepackt. Aber das alles war jetzt vorbei; in tiefen Zügen atmete er die erfrischende Luft des Landes ein; er folgte mit den Augen dem zwischen den samtigen Schatten der Bäume silbrig schimmernden Lauf des Flusses. Und dieser stille Winkel erschien ihm wie eine Verheißung von ewigem Frieden und Trost, von geheimnisvoller und verschwiegener Wonne.

Dann dachte er wieder an Thérèse. Er wußte, daß sie ihn erwartete. Noch immer sah er sie vor sich, wie sie oben auf der verwitterten Freitreppe stand, an der Schwelle der moosbewachsenen, alten Tür, hochaufgerichtet in ihrem weißen Seidenkleid, geschmückt mit den wilden Rosen und deren rotleuchtenden Herzen. Vielleicht ist ihr inzwischen kalt geworden und sie ist wieder hinaufgegangen, um ihn in ihrem Zimmer zu erwarten. Die Tür hatte sie offengelassen und sich aufs Bett gelegt, wie eine Braut in der Hochzeitsnacht.

Oh, welche Wonne! Niemals hatte eine Frau ihn so erwartet! Nur noch eine Minute, dann wird er bei ihr sein. Aber seine Beine wurden ihm schwer, er fürchtete einzuschlafen. War er etwa ein Feigling? Um sich aufzurütteln, stellte er sich Thérèse vor, wie sie ihre Kleider fallen ließ. Er sah sie wieder vor sich, die Arme erhoben und mit gestrafftem Busen, wie sich ihre zarten Locken und ihre bleichen Hände durch die Luft bewegten. Er peitschte sich auf mit der Erinnerung an ihren Duft, an ihre geschmeidige Haut, an die grauenhafte Wollust und wahnsinnige Trunkenheit, die ihn in jenem Zimmer ergriffen hatte. Sollte er jetzt etwa auf alle diese Wonnen verzichten, deren Vorgeschmack ihm bereits auf den Lippen brannte? Nein, wenn seine Beine den Dienst versagten, dann würde er sich eben auf den Knien zu ihr hinschleppen.

Aber es war bereits eine verlorene Schlacht; seine Liebe war besiegt und lag in den letzten Zügen. Er hatte nur noch ein einziges, unwiderstehliches Verlangen: zu schlafen, einfach zu schlafen. Sein Bild von Thérèse verblaßte, und es war, als würde sich eine große, schwarze Mauer zwischen ihnen erheben. Hätte er sie jetzt auch nur mit dem Finger an der Schulter berührt, er wäre gestorben. Sein erlöschendes Verlangen hatte etwas von einem Leichengeruch. Nein, es war unmöglich; die Decke würde über ihnen zusammenstürzen, wenn er jetzt in das Zimmer zurückginge und das Mädchen an sich pressen würde.

Schlafen, nur noch schlafen; wie gut müßte das

sein, wenn man gar nichts mehr hätte, für das sich das Wachsein lohnte. Er müßte morgen nicht mehr in sein Amt gehen; wozu auch? Er würde nicht mehr auf seiner Flöte spielen und nicht mehr am Fenster stehen. Warum also nicht in alle Ewigkeit schlafen? Es war aus mit seinem Leben; er konnte gehen. Noch einmal blickte er auf den Fluß, ob von dem kleinen Colombel noch etwas zu sehen wäre. Colombel war ein sehr kluger Bursche; er wußte genau, was er tat, als er ihn mit hinunternehmen wollte.

Das Wasser breitete sich unter ihm aus, leicht gekräuselt vom flüchtigen Lächeln seiner kleinen Wirbel. Der Chanteclair plätscherte dahin mit einer sanften Melodie, und das weite, in schattenhafte Dunkelheit gehüllte Land atmete einen erhabenen Frieden. Dreimal stammelte Julien den Namen von Thérèse. Dann ließ er sich fallen. Wie ein Bündel rollte er hinab und das Wasser schlug aufschäumend über ihm zusammen. Dann nahm der Chanteclair seinen Gesang in den Gräsern wieder auf.

Als man die beiden Leichen fand, glaubte man an einen Streit und erfand eine ganze Geschichte. Julien mußte dem kleinen Colombel aufgelauert haben, um sich für seine Spöttereien zu rächen. Und nachdem er ihn mit einem Stein tödlich an der Schläfe verwundet hatte, stürzte er sich selbst in den Fluß. Drei Monate später heiratete Mademoiselle Thérèse de Marsanne den jungen Grafen de Véteuil. Sie trug ein weißes Kleid und ihr schönes Gesicht war voller Ruhe und erhabener Reinheit.

Kleine Erzähler-Bibliothek

Bisher erschienen:

Theodor Storm: Aquis submersus
Adalbert Stifter: Abdias
Hermann Melville: Benito Cereno
Jack London: Der Ruf der Wildnis
Alexander Puschkin: Der Schneesturm
Wilhelm Hauff: Die Karawane
Iwan S. Turgenjew: Erste Liebe
Theodor Fontane: Grete Minde
Guy de Maupassant: Pariser Abenteuer
Joseph Conrad: Herz der Finsternis
Mark Twain: Der gestohlene weiße Elefant
Nikolai Leskow: Am Ende der Welt
Franziska zu Reventlow: Amouresken
O. Henry: Unschuldsengel vom Broadway
Johann P. Hebel: Der vorsichtige Träumer
E.A. Poe: Die Maske des Roten Todes
Nikolai Gogol: Tagebuch eines Wahnsinnigen
Georg Heym: Der Dieb
Franz Kafka: Ein Hungerkünstler
O. Wilde: Der Glückliche Prinz
Oskar Panizza: Ein skandalöser Fall
Stephen Crane: Maggie, das Straßenkind
Berthold Auerbach: Der Tolpatsch
Émile Zola: Für eine Liebesnacht

Die Reihe wird fortgesetzt